VENDA PROIBIDA:
CORTESIA DO EDITOR

© 2013 por H. Aschehoug & Co. (W. Nygaard) AS. Publicado de acordo com a Aschehoug Agency e Vikings of Brazil Agência Literária.

Traduzido da primeira publicação em norueguês intitulada *Katakombens hemmelighet*.
Esta tradução foi feita com subsídio da NORLA.

Direitos de edição em língua portuguesa adquiridos por Callis Editora Ltda.

1ª edição, 2014
1ª reimpressão, 2021

TEXTO ADEQUADO ÀS REGRAS DO NOVO ACORDO ORTOGRÁFICO DA LÍNGUA PORTUGUESA

Coordenação editorial: Miriam Gabbai
Editora assistente: Áine Menassi
Tradutor: Leonardo Pinto Silva
Preparação de texto: Fernanda Guerriero Antunes
Revisão: Ricardo N. Barreiros
Projeto gráfico e diagramação: Thiago Nieri
Arte de capa: Marius Renberg

CIP-BRASIL. CATALOGAÇÃO-NA-FONTE
SINDICATO NACIONAL DOS EDITORES DE LIVROS, RJ

E29s

Egeland, Tom

    O segredo da catacumba / Tom Egeland ; tradução Leonardo Pinto Silva - 1. ed. - São Paulo : Callis Ed., 2014.
    248 p. : il. ; 23 cm.

    Tradução de: *Katakombens hemmelighet*
    ISBN 978-85-7416-908-8

    1. Romance infantojuvenil norueguês. I. Silva, Leonardo Pinto. II. Título.

CDD: 028.5
CDU: 087.5

ISBN 978-85-7416-908-8

Impresso no Brasil

2021
Callis Editora Ltda.
Rua Oscar Freire, 379, 6º andar • 01426-001 • São Paulo • SP
Tel.: 11 3068-5600 • Fax: 11 3088-3133
www.callis.com.br • vendas@callis.com.br

TOM EGELAND

TRADUÇÃO DE
LEONARDO PINTO SILVA

callis

VENDA PROIBIDA:
CORTESIA DO EDITOR

Sumário

A câmara mortuária — 11

Capítulo I	O RELICÁRIO	13
Capítulo II	A CATACUMBA	19
Capítulo III	NO ESCURO	39
Capítulo IV	O MONGE	49
Capítulo V	A VOZ	55
Capítulo VI	MEDO	59
Capítulo VII	ANGELINA	61
Capítulo VIII	SEM ESPERANÇA	63
Capítulo IX	O DESMORONAMENTO	65
Capítulo X	TERREMOTO	67
Capítulo XI	A JOIA	69

Os Cães do Senhor — 75

	... COMO NUM SONHO	91
Capítulo I	O GAROTO DO MILAGRE	93
Capítulo II	EM CASA	97
Os Cães do Senhor	MASTIM DE DEUS	107
Capítulo III	SUSSURROS NA NOITE	109
Capítulo IV	O DESCONHECIDO	115
Capítulo V	O ANTIGO	125

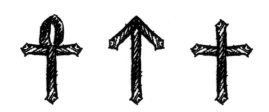

Os Cães do Senhor	O ROUBO	139
Capítulo VI	O ENGANO	143
Capítulo VII	O CANINO	151
Capítulo VIII	O REINO DOS MORTOS	155
Capítulo IX	O DIA DO JUÍZO FINAL	159
Os Cães do Senhor	NOITE	165
Capítulo X	A MORTE	169
Os Cães do Senhor	A ORDEM	179
Capítulo XI	A SESSÃO	181
Capítulo XII	A SAGA DE RAGNVALD	189

O rapto — 193

Capítulo I	OS MONGES	197
Os Cães do Senhor	A REVELAÇÃO	205
Capítulo II	O AMULETO	209
Os Cães do Senhor	OS PLANOS	213
Capítulo III	A IGREJA DE MADEIRA	215
Capítulo IV	A FUGA	225
Capítulo V	O ACIDENTE	229
Capítulo VI	O HOSPITAL	237

A astrônoma-chefe Suzy Lee, do observatório de Mauna Kea, no Havaí, mal podia crer nos seus próprios olhos. No entanto, o objeto que ela avistou no telescópio gigante não deixava a menor dúvida: um cometa novo e desconhecido era visível no céu. Lindo. Majestoso.

"Parece quase a estrela-guia", pensou Suzy, sorrindo.

Com zelo e entusiasmo, os astrônomos revezaram-se tentando determinar o tamanho, a velocidade e a trajetória do cometa.

Nenhum deles, contudo, fazia a menor ideia do impacto que aquela descoberta viria a ter.

A câmara mortuária

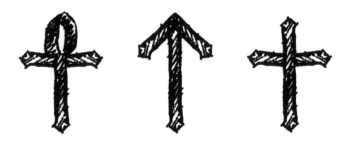

Capítulo I

O RELICÁRIO

Igreja de madeira de Borgund

Robert admirava a igreja preta como alcatrão. Angulosa, com todas as suas estacas, dormentes e aduelas, a igreja de madeira de Borgund era impressionante. Andar por andar. Tábua por tábua. A torre espiralada. Escura, poderosa e misteriosa, a igreja contrastava diante do sol reluzente. Gárgulas com cabeças de dragão erguiam-se para o céu. Cruzes cristãs e antigas figuras mitológicas *vikings* lado a lado. Imagens e entalhes. Contudo, nenhuma janela ou vitral; somente o negrume daquela escuridão que não deixava revelar seu interior.

O dia de verão estava quente e o ar, tomado por insetos e pólen. O sol ardia. Uma nuvem de pó vinda do terreno do cemitério cobria as árvores e o gramado. A igreja de madeira projetava sua sombra sobre os arqueólogos ajoelhados que vasculhavam o passado.

Um deles era Robert. Um garoto como qualquer outro. Altura mediana, aparência comum. Completara 14 anos havia poucos meses.

Gostava de música. Filmes de ação. Jogos eletrônicos. E de um *hamster* que se chamava Burre. Todavia, agora estava ali, ao lado da igreja de madeira de Borgund, junto com sua mãe. Ela era arqueóloga. Em suas mais antigas lembranças, Robert sempre a acompanhava no trabalho durante as férias de verão. Era perfeito. Ele adorava arqueologia. Ou caçar tesouros, como ele chamava. "Não estamos caçando tesouros", a mãe costumava pontuar. Robert não se importava. Para ele, era, sim, uma caça ao tesouro.

Durante a manhã inteira, ele e a mãe trabalharam numa cova *viking* de mais de mil anos de idade. Milímetro a milímetro, centímetro a centímetro, usavam pás e pincéis para vasculhar o passado.

De repente, a mãe de Robert quebrou o silêncio:

— Olha isso!

Muito alto. Muito agudo. Lentamente ela se pôs de pé. Os outros arqueólogos aproximaram-se e se juntaram ao redor dela.

— O que foi, mamãe? — perguntou Robert.

A mãe levantou algo com as mãos.

Um relicário.

Um relicário de cobre.

Um relicário da época dos *vikings*.

Os arqueólogos marcharam em fila de volta ao acampamento de trabalho. Lá ficavam os broches, os pentes e as pontas de flechas que tinham descoberto. No começo da fila, seguiam Robert e sua mãe.

A líder das escavações, Ingeborg Mykle, curadora-chefe do Arquivo Histórico, veio até a porta da tenda para saber o que tinham achado.

A mãe de Robert estava tão impressionada que suas mãos tremiam ao colocar o relicário de cobre sobre a mesa de trabalho dentro da tenda.

Do lado de fora do relicário, tinham sido gravados estes três símbolos:

— Incrível! — sussurravam os arqueólogos. Alguns limitavam-se a um breve murmúrio. Outros abanavam a cabeça aturdidos.

— O que é tão incrível? — perguntou Robert.

— O primeiro símbolo é um *ankh* — explicou a mãe.

— Um o quê?

— *Ankh* é o antigo hieróglifo ou sinal egípcio para vida eterna, ou renascimento. O segundo é a runa norrônica *ty*, que representava o deus *viking* da guerra, Tyr. O terceiro é a cruz cristã, que simboliza a crucificação e o renascimento de Cristo.

— E daí? — disse Robert.

— Três símbolos antigos e diferentes que não têm relação uns com os outros.

— E daí? — repetiu Robert.

— Tudo aquilo que encontramos num lugar e que não está relacionado com ele é muito empolgante para nós, arqueólogos.

— O mais empolgante, então, não seria descobrir o que está dentro do relicário?

A mãe concordou.

Lentamente, tanto que pareceu demorar uma eternidade, a mãe de Robert limpou os resíduos de barro em volta da fechadura e abriu o relicário.

Alguns não conseguiram conter a expressão de surpresa.

No relicário havia cinco moedas romanas e um mapa de Roma desenhado à mão, no que parecia ser um pergaminho.

O maior motivo de surpresa para os arqueólogos, porém, foi outra coisa: uma joia. Uma joia incrivelmente bela. Um triângulo cintilante.

Mesmo depois de transcorridos mil anos dentro de um relicário enterrado numa sepultura *viking*, aquela joia reluzia um brilho intenso.

"Quase mágico", pensou Robert.

O QUE ROBERT APRENDEU SOBRE HIERÓGLIFOS E RUNAS

Hieróglifos são uma escrita pictórica (de imagens) utilizada no Egito há milhares de anos. Completamente ininteligível! Na nossa língua, usamos letras para construir palavras e frases. Os hieróglifos, ao contrário, podiam simbolizar várias coisas diferentes. "O olho de Hórus", por exemplo, simbolizava  proteção, poder real e boa saúde. Os hieróglifos podiam ser representações humanas e de animais, como pássaros e peixes, e também de plantas e instrumentos. Os hieróglifos podem ser encontrados por todo lugar no Egito — dentro de pirâmides, nas paredes de palácios e sobre estátuas —, mas, com o passar dos anos, os egípcios foram esquecendo o que significavam. Até 1822, ninguém era capaz de compreendê-los. Foi quando um francês, Jean-François Champollion, conseguiu decifrá-los. Ele se utilizou das inscrições gravadas 2 mil anos atrás na Pedra de Roseta, na qual o mesmo texto havia sido escrito em grego e em duas variantes da escrita egípcia antiga.

Enquanto os hieróglifos são uma escrita pictórica simbólica, a escrita rúnica se vale de letras que eram utilizadas no norte da Europa centenas de anos antes de Cristo. Os *vikings*, principalmente, são conhecidos por terem escrito (ou entalhado, como se diz) textos rúnicos, mas diversas outras tribos também fizeram o mesmo. O alfabeto rúnico se chama *futhark*, uma palavra derivada das primeiras letras que o compõem: F – U – Þ – A – R – K. Existem dois *futharks*: o antigo e o novo. O primeiro consistia de 24 runas. Mais adiante, já no ano 800, o antigo *futhark* foi substituído pelo novo, uma versão simplificada com apenas 16 runas. Na Noruega, as runas continuaram sendo empregadas até os séculos XIV ou XV.

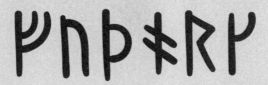

Capítulo II

A CATACUMBA

Roma – meses depois

I

Buzinas. Sirenes. Pneus arrancando e mais barulhos assim. O trânsito da tarde em Roma estava horrível quando finalmente o táxi levando Robert e sua mãe chegou ao local das escavações. Eles vieram direto do apartamento que tinham alugado, no Centro da cidade — nem tiveram tempo de desfazer a mala após a viagem de avião.

Esperava-os na entrada do sítio arqueológico o chefe das escavações. Ao avistá-los, acenou de longe e apresentou-se. Seu nome era Umberto.

"Incrível", pensou Robert. "Umberto é o primeiro arqueólogo que conheço que não recende a um odor de terra misturado com suor, e sim a loção pós-barba."

Umberto recebeu a mãe de Robert com um beijo na mão e a cumprimentou dizendo "*bella donna*[1]" num italiano inconfundível. Em seguida, apertou a mão de Robert efusivamente.

---
[1] "Bela mulher", em italiano (N. do E.).

O QUE ROBERT APRENDEU SOBRE CATACUMBAS

Uma catacumba é um corredor subterrâneo utilizado como sepultura. A tradição de enterrar os mortos em covas estende-se desde a Pré-história, mas em Roma ela teve início há cerca de 1.900 anos, quando cristãos e judeus receberam permissão das autoridades romanas para construir cemitérios subterrâneos. A maioria das catacumbas romanas pertencia aos cristãos. Os romanos costumavam cremar (queimar) seus mortos, mas os cristãos não gostavam dessa ideia. Eles acreditavam que o morto voltaria a viver quando Cristo retornasse. Por isso, as catacumbas se tornaram rapidamente populares entre os cristãos romanos. Os mais ricos enterravam seus mortos em sarcófagos (caixões feitos de pedra); os demais sepultavam os corpos em buracos nas paredes. Alguns dos mortos eram mártires — cristãos assassinados devido à sua crença. A maioria, porém, morria de causas naturais. Em 380, o cristianismo se tornou também a religião oficial de Roma. E os cristãos passaram a sepultar seus mortos em cemitérios. Nos dias de hoje, as catacumbas são atrações turísticas muito concorridas.

— Meu jovem — disse ele em inglês —, sua visita a esta catacumba será uma experiência da qual você irá se lembrar pelo resto da vida.

Robert já comparecera a várias escavações arqueológicas. Nenhuma delas tinha lhe chamado atenção em especial. No entanto, desta vez era diferente. O mapa no relicário que a mãe encontrou em Borgund dava as direções de uma catacumba romana até então desconhecida. E uma catacumba desconhecida em Roma era nada menos do que uma sensação. Como foi a mãe de Robert quem encontrou o mapa, ela pôde participar das escavações. Uma honra e tanto, conforme Robert percebeu.

E Robert também poderia participar dos trabalhos. A mãe lhe prometera. Ah, como ele estava ansioso. Sonhava poder encontrar algo que deixasse os arqueólogos impressionados.

Para poder faltar à escola, Robert teria de escrever um relato da sua experiência, contando tudo sobre Roma. As catacumbas. O cristianismo primitivo. O plano era tomar nota de tudo que aprendesse e fazer uma espécie de glossário. O que Robert aprendeu sobre hieróglifos e runas. O que Robert aprendeu sobre catacumbas. O que Robert aprendeu para se tornar o melhor arqueólogo do mundo.

O QUE ROBERT APRENDEU SOBRE ROMA

Roma é a capital da Itália. Ela também é conhecida como "Cidade Eterna". Não parece tão eterna assim, na minha opinião. Tudo é velho. Muito antigo. E faz um calor impressionante! Ruínas, fontes, escadas, catacumbas, trânsito, restaurantes, lojas. Muito tempo atrás, Roma era o centro do poder do Império Romano. Hoje, é um destino muito popular para viajantes — sobretudo por atrações turísticas como o Coliseu, arena dos gladiadores; o parque de ruínas do Foro Romano; o Capitólio, centro administrativo da República de Roma; a magistral escadaria da Praça de Espanha e a linda Fontana de Trevi. Além das catacumbas. O Vaticano — o quarteirão onde está a sede da Igreja Católica — fica encravado bem no meio de Roma. Na realidade, o Vaticano é o menor país do mundo.

"Uma catacumba" — ele escrevera antes de partir da Noruega — "é um corredor subterrâneo que era utilizado como cemitério".

Na verdade, Robert estava intrigado com o fato de que uma coisa tão antiga e estranha — uma sepultura coletiva de 2 mil anos de idade! — pudesse chamar a atenção de jornais e emissoras de TV do mundo inteiro. As pessoas eram completamente fascinadas pelas catacumbas. E agora Robert era parte do time incumbido de pesquisá-las. Junto com sua mãe e alguns dos arqueólogos mais proeminentes do mundo, ele iria desvendar os segredos daquele cemitério ancestral.

Ele mal podia esperar.

II

Umberto entregou para Robert e sua mãe capacetes e um vistoso uniforme amarelo. "ARCHEOLOGO" estava escrito no uniforme. "Arqueólogo" em italiano. Robert mal conseguia disfarçar o orgulho.

— Prontos? — perguntou Umberto.

Robert e sua mãe assentiram entusiasmados.

Umberto os conduziu para uma tenda que fora armada no fim do corredor. Dentro dela, uma escada improvisada e estreita levava à catacumba.

— No mundo inteiro existem catacumbas — explicou Umberto ao descer as escadas —, mas as de Roma são especialmente famosas.

"Eu sei", pensou Robert. Por uma questão de educação, porém, ele balançou a cabeça, demonstrando interesse.

O último degrau era um pouco elevado. Robert precisou saltar até o chão da catacumba. E, então, olhou em volta.

Sentiu um vazio percorrendo-lhe o estômago.

III

Robert precisou levar as mãos à boca. Olhou para a direita. Depois, para a esquerda. A visão do corredor escuro e o cheiro úmido e abafado daquele lugar lhe davam engulhos. Era como se ele estivesse reconhecendo alguma coisa. Como se... sim, como se ele já tivesse estado ali, nas profundezas da catacumba. Mas é claro que ele nunca estivera ali. Nem na cidade de Roma ele estivera antes.

Felizmente, nem a mãe nem Umberto repararam na reação que teve.

— Várias das quarenta catacumbas existentes em Roma estão abertas aos turistas — disse Umberto. — Uma delas chega a ter 15 quilômetros de comprimento. Outra abriga mais de mil esqueletos. Algumas têm três andares de profundidade e se projetam por mais de vinte metros abaixo da terra.

Robert nem sabia o que dizer. Ele estava se sentindo tão... estranho.

— Está tudo bem? — perguntou sua mãe.

Ele fez que sim com a cabeça.

— Tem certeza?

— Sim.

Enquanto avançavam pelo túnel, um ruído estranho os assustou. Os corredores escuros eram iluminados por lâmpadas que pendiam do teto ou ficavam presas às paredes, algumas delas apoiadas em tripés. A luz tremelicava das lâmpadas, que produziam uma espécie de zumbido.

Havia esqueletos por toda parte. Juntas, crânios, boa parte coberta por restos de roupas apodrecidas.

Sempre sorridente e gesticulando, Umberto os guiava num passeio pelos inúmeros corredores e câmaras. Ele explicava onde os arqueólogos deveriam escavar e o que teriam de procurar. O que deveriam tentar encontrar. Robert mantinha-se um pouco atrás. A sensação de estranheza começava a passar. Ele desvencilhou-se dos demais e a voz de Umberto foi diminuindo até se tornar apenas um ruído de fundo.

Sua atenção voltou-se para uma reentrância na parede onde havia um símbolo gravado na pedra. O símbolo estava parcialmente encoberto por um jarro. Na verdade, Robert deu muita sorte de encontrá-lo.

Robert sentiu um frio percorrendo a espinha. O símbolo parecia tão familiar! Ele tentou se lembrar de onde o conhecia, mas não conseguia enxergá-lo direito. O jarro de cerâmica impedia-lhe a visão. Poderia removê-lo dali? Não, ele sabia muito bem que não era permitido. Conhecia as regras arqueológicas. Seria o mesmo que alterar a cena de um crime.

Nesse instante, ouviu sua mãe lhe chamando. Ela e Umberto já tinham se encaminhado para outro corredor.

— Mamãe, venha aqui ver uma coisa — gritou ele de volta.

— Agora não!

— Mas, mãe...

— Venha já para cá e fique aqui conosco!

— Mas...

— Robert! Agora!

Seu tom de voz deixava claro que não haveria margem para discussão. Robert teria de correr para alcançá-los.

— Mamãe...

— Pssssiu!

— Mas, mamãe...

— Não interrompa o Umberto!

Como se celebrasse uma missa, Umberto seguia discorrendo sobre a catacumba.

— Ninguém sabe ao certo a extensão nem a profundidade desta catacumba. E isso é apenas um dos fatores que tornam nosso trabalho tão instigante. Não sabemos nem mesmo quantos mortos estão abrigados aqui. Mas não temos dúvidas de que são milhares.

"Milhares de mortos. Incrível", pensou Robert.

IV

O fim do túnel era bloqueado com um tapume.

— Até aqui e nem mais um passo! — disse Umberto. — Precisamos reforçar o restante da catacumba antes de avançar além deste ponto. Atrás deste tapume a estrutura é muito instável. Precisamos assentar colunas e vigas para prosseguirmos nosso trabalho. Até onde sabemos, este túnel não vai dar em lugar nenhum.

Na saída, eles seguiram em outra direção. A catacumba era um perfeito labirinto. Felizmente Umberto sabia os caminhos de cor.

Terminada a visita guiada, eles subiram pela escada provisória, para onde brilhava o sol da tarde, em busca do ar quase fresco da cidade grande. Robert encheu os pulmões, tentando aproveitar o máximo daquela sensação maravilhosa.

— Obrigada por nos mostrar tudo — disse a mãe.

— Eu vi um símbolo — Robert ensaiou dizer.

— Claro! — interrompeu Umberto. — Não é sensacional? As paredes da catacumba estão cheias de inscrições e símbolos antigos. Foram entalhados nas paredes pelos cristãos e certamente por outras pessoas que costumavam frequentá-la.

— Acho que eu já o vi antes — informou Robert.

— Costuma ser assim em se tratando de símbolos.

— Mas exatamente esse símbolo.

— Ele quer ser arqueólogo — interrompeu a mãe afagando sua cabeça.

— Que divertido! — disse Umberto.

— E sabe do que mais? Ele vai ser o meu assistente.

— Seu assistente? — ironizou Umberto, quase às gargalhadas.

— Sim, não é ótimo? Quer dizer, eu acho. Não é ótimo que ele possa me ajudar?

— Ajudar a quê?

— Com as escavações, é claro. Lá na catacumba.

Umberto ficou sério. Olhou nos olhos de Robert, em seguida nos da mãe e depois tornou a encarar Robert.

— Ótima ideia. Sem dúvida — foi o que limitou-se a dizer.

Robert e sua mãe retribuíram aquele olhar com certa curiosidade. Era como se Robert pressentisse o que estava por vir.

— Contudo — disse Umberto batendo as mãos —, isso não será possível. As regras são rígidas. Robert é apenas uma criança. Uma escavação arqueológica no subsolo é muito arriscada para alguém da sua idade. Lamento. Não há nada que possamos fazer.

— Mas... — tentou interceder a mãe.

— Lamento realmente. Mas a resposta é não.

Com as duas mãos espalmadas diante de si, Umberto foi taxativo.

V

A resposta é não.

Dentro do táxi, eles voltavam para o apartamento. Robert estava tão furioso que brotavam lágrimas dos seus olhos. Ele não desgrudava o rosto da janela do carro para que a mãe não percebesse o tamanho da sua decepção. Um carro de polícia os ultrapassou a toda velocidade com as sirenes ligadas. Uma lambreta desviou-se por entre as fileiras de carros quase raspando no táxi de Robert.

A resposta é não.

Não?

Logo ele que tinha contado a todos os amigos que iria trabalhar como arqueólogo no fundo de uma catacumba.

E agora era proibido?

— Que coisa mais estúpida — disse a mãe.

— Que ótimo — emendou ele.

Ótimo? Não, estava longe de ser ótimo. A mãe tinha quebrado uma promessa. Assim que surgiu a hipótese de viajarem juntos a Roma, Robert não ficou tão animado. Ele acabara de ser indicado capitão do time de futebol — *ele*, e não Patrick. E então viajar para Roma? Ele se lembrava de cada palavra da conversa. "Mas, Robert, por favor", a mãe lhe pedira. "Não vamos nos *mudar* de vez para Roma. Vai ser coisa de um mês só. Quatro semanas! E o treinador prometeu que você vai continuar sendo o capitão do time quando voltarmos." Ela também se acertara com o diretor e com o conselho de classe. Sem que ele soubesse. Todos sabiam sobre Roma. Exceto Robert. "E, aí, você pode ser meu assistente", ela prometera. "Você vai me acompanhar nas catacumbas e me ajudar a trabalhar. Você vai poder aprender muito." O coração de Robert estava em sobressaltos. Trabalhar como arqueólogo! Em Roma! De verdade?!

Era o que ele achava. Até agora. Mas não. A palavra que a mãe empenhara não tinha nenhuma validade.

A resposta é não.

Com a testa encostada na janela do táxi, Robert assistia aos transeuntes caminhando na calçada.

— Você vai poder me ajudar com outras coisas — disse a mãe. Ele percebeu pelo tom de voz que ela estava cansada.

— O quê, então?

— Vamos descobrir. Algo que possamos fazer juntos quando eu voltar do trabalho, à noite.

Ele sabia muito bem o que ela tinha em mente. Registros, catálogos, sistematização de informações. Só papelada, enfim.

Chaaaaaaaato.

— Tudo bem. Não se incomode — respondeu ele.
— Eu...
— Esquece!

VI

Eles desfizeram as malas sem trocar uma palavra. Depois, a mãe foi até o restaurante da esquina e comprou uma pizza. Enquanto comiam, Robert lembrou-se, de repente, do símbolo que vira na catacumba.

Um *ankh*!

O hieróglifo egípcio do relicário de Borgund.

— Mamãe — disse ele com a boca cheia de pizza —, o símbolo que eu vi lá na catacumba...

A mãe lhe lançou um olhar de interrogação.

— Era um *ankh*! Gravado na parede.

— Um *ankh*?

— Sim. Igualzinho àquele do relicário de Borgund.

— Um hieróglifo egípcio parece tão fora de lugar numa catacumba romana quanto num relicário em Borgund.

— Exatamente! Então como é que ele foi parar ali?

A mãe sorriu.

— Tem certeza de que foi um *ankh* o que você viu, e não uma cruz, por exemplo? É muito fácil fazer confusão quando não conhecemos bem os símbolos.

— Era um *ankh*! Com certeza. Uma cruz com um círculo no topo.

— Parece muito estranho — a mãe deu de ombros —, mas certamente haverá uma explicação, e nós vamos descobri-la quando retomarmos o trabalho.

Ela deu uma mordida na pizza e começou a folhear uns papéis com a planta das escavações.

Robert irritou-se. Por que ela não o levou mais a sério? Se um *ankh* numa catacumba era tão incomum assim, ela deveria ter se mostrado mais interessada. Ele devia ter fotografado o símbolo enquanto estava lá, para comprovar o que estava dizendo.

VII

Na manhã seguinte, bem cedinho, a mãe já estava de pé esperando que Umberto viesse apanhá-la. Robert virou-se para o outro lado e dormiu por mais umas duas horas. Depois espreguiçou-se, revirou a cozinha e pôs três fatias de pão na torradeira, que comeu acompanhadas de dois copos de suco de laranja.

Durante todo o mês, ele precisaria se virar sozinho, da manhã até a noite. "Tempo suficiente para novas descobertas", pensou ele.

Robert limpou a mesa do café e entrou na internet. A primeira coisa que queria pesquisar era por que haveria um *ankh* gravado nas paredes da catacumba. E aquilo seria um *ankh* mesmo? Pensando bem, não era exatamente igual ao outro. Ele precisava investigar mais a fundo.

No entanto, não era muito fácil. Ele tentou no Google. Procurou na Wikipédia. Logo deparou com várias imagens de um *ankh*, mas nenhuma tinha uma cruz dentro do círculo do topo. Depois de um bom tempo pesquisando, não conseguiu avançar além da estaca zero. Ele deu um suspiro e desistiu. A quem poderia perguntar? Onde mais poderia pesquisar? Para onde ir quando se quer encontrar respostas para perguntas impossíveis — mantendo distância de uma certa catacumba?

"A biblioteca", pensou ele. "Claro!"

Mas quais bibliotecas existem em Roma?

Um bocado delas, descobriu ele na internet.

Robert tomou nota de duas que ficavam à distância de uma caminhada do apartamento: a biblioteca principal e a do Vaticano. Enfiou o *tablet* e o mapa da cidade na mochila e saiu porta afora.

Primeiramente ele tentou a Biblioteca Nazionale Centrale di Roma. Mal entrou e um homem de uniforme gritou atrás dele, em italiano.

— *I have to find a book*[2] — respondeu em inglês.

— *How old are you?*[3] — perguntou o segurança.

— *Fourteen*[4].

O segurança abanou a cabeça e explicou que era preciso ter 18 anos para entrar.

Limite de 18 anos? Numa biblioteca?

Não adiantou discutir. Robert nem conseguia achar as palavras certas para dizer em inglês. Saiu do prédio desapontado. E decidiu tentar a sorte na Biblioteca do Vaticano.

Ele demorou uma hora para ir da biblioteca principal até a Biblioteca do Vaticano. No caminho, ficou pensando no que Umberto tinha dito. "Robert é apenas uma criança." Ele iria lhes mostrar. Ele tinha certeza de que descobriria algo que os arqueólogos tinham ignorado. Imagine se ele descobrisse algo relacionado à inscrição na parede! Uma descoberta sensacional! De vez em quando, passava-lhe pela cabeça a imagem da mãe — esperando que ele surgisse da catacumba trazendo nas mãos uma... sim, uma espada da época do Império Romano feita de ouro puro, ou talvez a coroa de espinhos de Jesus, ou o Santo Graal?

Somente uma criança? Nada disso.

---

[2] "Eu tenho que encontrar um livro", em inglês (N. do E.).

[3] "Quantos anos você tem?", em inglês (N. do E.).

[4] "Catorze", em inglês (N. do E.).

Quando atravessava a Praça Veneza, ele escutou o bipe do celular. Um SMS de Patrick:

Novidades? Agora o capitão sou eu! :) :) :) Ganhamos do time de Grorud por 3 X 0. Easy.

"OK, *pelo menos* uma espada do império, uma coroa de espinhos e um cálice sagrado para compensar essa", pensou Robert apressando o passo.

O QUE ROBERT APRENDEU SOBRE A COROA DE ESPINHOS E O SANTO GRAAL

A coroa de espinhos de Jesus era feita de uma trama de cipós com espinhos compridos com agulhas e foi enfiada na sua cabeça pouco antes da crucificação. O Santo Graal é o cálice utilizado por Jesus durante a Última Ceia, quando, pela última vez, reuniu os apóstolos. Acredita-se também que o cálice foi utilizado para aparar o sangue derramado por Jesus na cruz.

VIII

A enorme praça diante da Basílica de São Pedro estava lotada de turistas, vendedores, pedintes, monges e freiras. Robert abriu caminho até a Biblioteca do Vaticano. Novamente foi parado na entrada. Afinal, o que havia de errado com as bibliotecas italianas?

— Sou da Noruega — explicou Robert em inglês. — Vim aqui para...

— Crianças não podem entrar — interrompeu o segurança.

— Mas...

— Volte quando for um adulto! — disse rispidamente o segurança, mostrando-lhe a porta da rua.

Robert ficou parado do lado de fora olhando para o vazio. Ele estava exausto, com sede e com muita raiva.

— Algum problema, meu jovem?

Quem lhe fez a pergunta, num inglês macarrônico, foi um homenzinho de óculos arredondados.

— Não consigo entrar — respondeu Robert.

— E exatamente o quê, se posso perguntar, você deseja pesquisar na Biblioteca do Vaticano? Você deve saber muito bem que não existem livros infantis aqui.

— *I know*[5] — disse Robert. E então desatou a contar toda a história. Sobre a catacumba. Sobre o símbolo. Sobre a mãe que não levou a sério a sua descoberta.

— Estou apenas tentando descobrir mais coisas sobre aquele símbolo antigo — resumiu ele.

— Talvez eu possa ajudá-lo — avisou o homem ajustando os óculos. — Venha, acompanhe-me.

IX

O homem de óculos arredondados levou Robert para o lado da praça oposto à biblioteca e atravessou uma porta enorme e pesada. Já do lado de dentro, ele pegou Robert pela mão e a apertou bem forte:

— Meu nome é Aldo Mancini.

— Robert. *From Norway*[6].

— Ah, *Norvegia*! Que país lindo. E agora, meu jovem amigo, cá estamos bem no arquivo secreto do Vaticano.

---

[5] "Eu sei", em inglês (N. do E.).

[6] "Sou da Noruega", em inglês (N. do E.).

— Arquivo secreto? — perguntou Robert atônito.

— Bem, não é mais tão secreto assim. O nome significa que o acervo pertence ao papa e é mais privativo do que os livros da Biblioteca do Vaticano.

— Então quer dizer que aqui deixam entrar adolescentes de 14 anos? — perguntou Robert esperançoso.

Aldo Mancini caiu na gargalhada.

— Aqui não deixam entrar quase ninguém. Pesquisadores, estudantes e professores precisam pedir autorização para entrar. Somente os mais sérios obtêm permissão para nos visitar e conhecer o acervo.

Robert deu um suspiro profundo.

— Mas — continuou Aldo Mancini —, já que eu trabalho aqui, posso trazê-lo como meu convidado particular.

Robert olhou para ele intrigado. Um *por que* estava engasgado na sua garganta.

Aldo Mancini olhava para ele através daquelas lentes arredondadas.

— Eu também já fui garoto um dia. Um garoto curioso. Lembro-me muito bem como eu ficava frustrado quando me tratavam como... sim, como uma criança.

O salão de leitura do arquivo secreto do Vaticano era uma das coisas mais belas que Robert já vira. Parecia uma mistura entre igreja e biblioteca. Pesquisadores ocupavam as fileiras de escrivaninhas folheando livros e documentos antigos. As estantes de livros se estendiam por dois andares inteiros.

O escritório de Aldo Mancini era um pouco apertado e bagunçado, atulhado de livros, jornais e caixas de papelão com pilhas de documentos amarelados.

— E, então — continuou ele —, o que é mesmo que você está tentando descobrir?

Robert lhe contou do símbolo gravado na parede da catacumba.

— Um *ankh* egípcio? — respondeu Mancini. — Altamente incomum, devo dizer. Tem certeza de que era um *ankh*?

— Não sei ao certo — admitiu Robert. — Ele era um pouco diferente.

Mancini sacou uma folha em branco e uma caneta e pediu que desenhasse o símbolo. Robert fechou os olhos e lembrou-se do que tinha visto. E, então, desenhou o símbolo tentando ser o mais fiel possível:

— Ah! — disse Aldo Mancini admirado, batendo palmas. — Agora entendi. E vejo por que você achou que era um *ankh*. Mas, na verdade, é outra coisa. Esse símbolo é a representação de uma cruz copta!

— Uma cruz copta? — repetiu Robert.

— Os coptas estavam entre as primeiras comunidades cristãs da história. A igreja copta do Egito foi fundada pelo apóstolo Marcos no ano 42 d.C. Hoje em dia, a cruz deles tem uma aparência diferente. Mas, naquele tempo, os cristãos coptas combinaram o antigo hieróglifo *ankh* com o símbolo do cristianismo: a cruz. Você achou uma cruz dessas na catacumba. Que coisa! Uma descoberta e tanto! Pelo menos para os acadêmicos. Pelo que sei, deve ser o mais antigo relato dessa cruz egípcia aqui na cidade. É provável que os coptas tenham estado em Roma no ano 200 d.C. e, por alguma razão, tenham inscrito o seu símbolo na catacumba. Pode ser que um abastado copta egípcio tenha morrido em Roma e sido enterrado junto com os cristãos romanos. Muito interessante, devo dizer.

X

Uma descoberta e tanto.

Robert saiu do Vaticano feliz e entusiasmado. Ele percorreu apressado as ruas de Roma de volta ao apartamento. A cruz copta seria um trunfo para usar diante da mãe e de Umberto, que não deram a mínima quando ele os chamou na catacumba. Que não acreditaram quando ele contou o que tinha encontrado. Ao mesmo tempo, ele sabia que os dois não permitiriam que ele entrasse novamente na catacumba por causa disso. Não sem uma prova concreta. Ele precisava de algo mais. Robert interrompeu a caminhada. Se em apenas alguns minutos ele conseguira fazer *uma descoberta e tanto* na catacumba, o que seria capaz de encontrar se tivesse mais tempo? Robert sabia bem o que teria de fazer. Talvez soubesse desde que Umberto lhe proibiu de voltar à catacumba, mas não levou a ideia adiante. Achar a cova com o jarro que ocultava o símbolo e tirar uma foto para comprovar que havia uma cruz copta gravada na parede de pedra. E, depois, investigar que outros símbolos a catacumba ainda ocultava. Era para isso mesmo que ele tinha vindo a Roma.

Porém, como conseguiria fazer isso? E quando?

XI

Ele vislumbrou essa possibilidade naquela mesma noite.

Mal trancou a porta do apartamento e a mãe já foi chamando por seu nome. Robert apareceu no corredor e disse oi. Ela estava coberta de poeira e suor depois de um longo dia dentro da catacumba.

Ela limpou a garganta e perguntou:

— Robert?

— Hum?

— Tudo bem se você ficar aqui sozinho esta noite?

— Sozinho?

— Eu lhe dou algum dinheiro para você jantar.

— Por quê?

— Umberto, sabe? Ele convidou os arqueólogos para um jantar. Uma pequena comemoração.

— O que vocês vão comemorar?

— Nada em especial. O fato de estarmos avançando nas escavações. Posso muito bem não ir se você não topar. Ou tudo bem por você?

— Claro que tudo bem — respondeu ele. Um tanto displicentemente. Aparentando estar feliz com aquilo. Para que ela nem desconfiasse como ele estava *de verdade* se sentindo: *Yesssss!*[7] Como os arqueólogos iriam todos ao restaurante, a catacumba estaria completamente vazia. Pronta para ser explorada... por ele.

A mãe se maquiou e tomou um verdadeiro banho de perfume.

Quando ela surgiu na sala, Robert estava sentado com seu *tablet* no colo, atualizando os registros do que aprendera.

— Tem certeza mesmo de que está tudo bem? — perguntou ela pela quadringentésima décima quarta vez.

— Você está merecendo se divertir um pouco — respondeu ele parecendo um adulto e ganhando um abraço.

Enquanto a mãe voltou ao banheiro — um problema com uma fivela que não ficava no lugar direito —, Robert aproveitou-se da ocasião. Remexeu dentro da sua bolsa e pegou o molho de chaves. Silenciosamente ele retirou a chave da catacumba.

---

[7] "Simmmmmm!", em inglês (N. do E.).

Lá embaixo, um carro buzinou. Certamente era Umberto. Robert conseguiu repor as chaves na bolsa assim que a mãe voltou do banheiro. Ela lhe deu dinheiro suficiente para um enorme hambúrguer com direito a um copo de *milk-shake*.

Da janela, ele acenou enquanto sua mãe e Umberto partiam dentro de um Alfa Romeo preto, recém-lavado. Robert trincou os dentes. Estava parecendo fácil demais.

XII

Ele ainda esperou uns instantes, somente por segurança. A mãe costumava esquecer coisas em casa com certa frequência. No entanto, quando teve certeza de que não retornariam, pegou a chave e uma lanterna, desceu correndo as escadas e saiu para a rua. Lá, pegou um táxi rumo à área das escavações, o qual pagou com o dinheiro que a mãe lhe dera.

Normalmente aquela região fervilhava de atividade. Agora estava vazia e deserta. Tudo estava escuro. Nenhum ruído. Ninguém.

Robert ficou bem impressionado.

A última coisa que fez antes de abrir a porta e descer para a catacumba foi pendurar sua jaqueta numa estaca que havia perto da entrada. Como se estivesse demarcando território, mas foi à toa, não havia ninguém nas redondezas.

Um bocado assustador, mas também excitante. Robert se sentia o próprio detetive, ou um espião numa missão secreta. Agora, finalmente descobriria todos os segredos que escondia aquela catacumba. Exatamente quais segredos seriam ele não fazia a menor ideia, mas lá embaixo havia muito mais do que aquela cruz copta. Algo lhe dizia que sim. Só não tinha certeza do quê.

Capítulo III

NO ESCURO

Roma – na catacumba

I

Escuridão total. Nenhum ruído. Silêncio absoluto.

O cheiro acre e úmido era ainda mais intenso no escuro. Não era de estranhar, milhares de cadáveres jaziam ali ao longo de séculos. Robert encheu os pulmões para se acostumar àquele odor.

Ele ligou a lanterna e deu com os olhos na caixa de eletricidade cor de laranja pregada na parede bem ao lado da escada. Abriu a portinhola e ligou o interruptor principal. Nada. Tentou os demais interruptores, porém nenhuma lâmpada se acendeu. Típico. O disjuntor devia ficar num outro local.

Teria de se virar com a lanterna.

"O que é que eu estou fazendo? Não consigo nem acender as luzes."

Hesitante, ele avançou pela catacumba imaginando por que ela despertava tanto sua curiosidade. Quase como se exercesse uma atração física sobre ele. Como se o desafiasse.

Um ruído.

Ele tremeu dos pés à cabeça.

"Tem alguém aqui?" Ele ficou imóvel. "Pode ser a mamãe?" Ela descobrira seus planos e viera imediatamente. Por um instante, ele chegou a desejar que fosse ela.

Mas não. Cedo demais. Ela não teria como descobrir que ele não estava em casa. Além disso, teria chamado por seu nome. Ele a conhecia bem. "Robert!", ela teria gritado. "Robert! Você está aqui, meu filho?" Ela teria ficado histérica. Com certeza. Absolutamente histérica.

Mais um ruído.

Passos?

Passos sobre o cascalho.

Robert engoliu em seco.

"Quem poderia ser?"

Umberto? Não. Umberto tinha convidado os arqueólogos para jantar. "OK, não é a mamãe e não é o Umberto." Afinal quem poderia ser? Um arqueólogo? A essa hora da noite? Por que então ele não tinha acendido as luzes? Uma falha no sistema de segurança?

Ou... ALGO totalmente diferente?

II

Robert estava irritado consigo mesmo. Aquela eterna curiosidade.

Ele não sabia quantas vezes a mãe tinha pedido que se emendasse. "Você precisa pensar nas consequências antes de se atirar a fazer as coisas", ela dizia.

Alguns anos atrás, Robert entrou num prédio em construção na vizinhança. Bem, entrar não foi exatamente o caso. *Invadir* seria o verbo mais apropriado. Ele queria apenas descobrir como as escavadeiras e os tratores *funcionavam*. Eram controlados por alavancas? Tinham tanques de gasolina e freios, exatamente como carros de passeio? Tinham marchas? Ele entrou no terreno por um buraco na cerca. Para dizer a verdade, tratou de alargar o buraco para poder atravessá-lo. Assim que conseguiu, achou que sua aventura terminara ali. De repente, porém, uma enorme viga de aço pesando várias toneladas tombou a poucos metros dele. Não havia percebido que o guindaste estava a ponto de soltá-la. Soou o alarme. Todo o trabalho foi interrompido. Um homem surgiu correndo, colocou-o sobre os ombros e o carregou para o alojamento. Urgente! Robert tinha noção de que escapara por pouco de ser esmagado por aquela viga? O responsável pela obra telefonou para sua mãe, que precisou vir buscá-lo.

Pouco tempo depois, mais uma aventura acabou dando errado. Ele tinha visto no YouTube o que acontece quando se mistura sódio com água e fenoftaleína, mas queria se certificar de que era mesmo verdade. Ao soar o término das aulas, ele se escondeu atrás da carteira e esperou todos saírem do laboratório de química. Primeiro arrumou um balde e o encheu de água. De dentro do armário de produtos químicos, retirou uma garrafa de fenoftaleína e uma caixa com sódio. Vestiu um par de luvas de borracha e despejou a fenoftaleína na água. Desconfiado, despejou uma mancheia de sódio dentro do balde. No instante seguinte, a mistura explodiu produzindo um barulho tão grande que as janelas do prédio vibraram. Uma fumaça tomou conta do lugar. Sem enxergar nada, Robert conseguiu chegar até a porta e saiu cambaleando pelo corredor. Minutos depois, chegaram os bombeiros, com a sirene a toda altura. E lá estava Robert junto com seus companheiros de sala, fingindo que nada tinha acontecido. Evidentemente ele acabou sendo descoberto.

E agora ele estava ali, na catacumba. Onde ele não tinha que ter se metido. Umberto deixara bem claro que qualquer pessoa que se aventurasse por uma área de escavações ainda em construção estaria arriscando a própria vida.

III

Robert apurou os ouvidos. Tudo estava quieto. Teria se enganado? Não eram passos o que escutara? Por alguns bons minutos, ele ficou parado, apenas escutando à sua volta. Finalmente ele arriscou ir em frente.

Ele adentrou uma enorme câmara. Trinta, talvez quarenta, sepulturas estavam incrustadas nas paredes. O feixe da lanterna mostrava esqueletos empretecidos e caveiras de boca escancarada. As ancestrais paredes de pedra estavam cobertas de sinais e símbolos incompreensíveis.

Ele reconheceu o lugar. Era o recuo na parede que vira antes. Cuidadosamente ele ergueu o antigo jarro de barro. Com a lanterna, iluminou o símbolo que tanto procurava. Uma cruz copta. Não um *ankh*.

Uma descoberta e tanto.

Ele sacou o celular do bolso e fez várias fotos do símbolo:

De repente, mais um ruído. Parecia alguém respirando.

Robert assustou-se. "Tem alguém aí?", isso era o que estava preso na sua garganta, mas ele não ousou gritar. Como se qualquer pergunta fosse desencadear uma reação na escuridão, ou coisa parecida.

ALGUÉM ou ALGO que ele não queria encontrar pela frente.

Um bom tempo transcorreu sem que ele movesse um músculo.

Apenas ouvindo.

O barulho desapareceu.

Seu fôlego voltou ao normal. Claro que estava sozinho. Claro que não havia mais ninguém ali. Tudo era só impressão. Mesmo assim, parecia que ele estava no meio de um pesadelo, como se fosse o protagonista de um filme de terror.

"Preciso voltar para a superfície", pensou ele.

Deu meia-volta e meteu-se na escuridão. Tornou a ligar a lanterna e iluminou o túnel. Se ALGUÉM o estivesse seguindo, era ali que teria de estar. Bem atrás de si.

Ou talvez depois da curva?

"Deixa disso, Robert. Não seja tão frouxo assim!"

Ele desafiou o medo. Caminhou firme em direção à escada.

As sombras desapareciam no escuro. Assim que tornava a ligar a lanterna, as sombras acordavam para a vida novamente. Instantâneas. Pareciam não ser reais. Como se fossem sombras de alguém que não existe. ALGUÉM. Ou ALGO.

Ele tornou a desligar a lanterna. Imaginou estar diante de mortos-vivos que estendiam os braços na sua direção. Acendeu a lanterna de novo. Para retomar o contato com a realidade.

Robert continuou em frente. O feixe da lanterna rasgando a escuridão. Seus joelhos tremiam. O cascalho estalava sob a sola dos sapatos. O foco da lanterna ora iluminava as paredes de pedra, ora o teto abobadado. As caveiras de boca aberta o encaravam desde os leitos de pedra onde tinham sido colocadas para descansar havia muito tempo. Ele não queria vê-las. Não queria que seus olhos cruzassem com aquelas órbitas vazias. Era como se os mortos o estivessem observando.

IV

Assim que entrou em outra câmara, Robert ficou parado olhando em volta. Ele não reconhecia mais o lugar. A câmara se dividia em dois túneis: um à direita, outro à esquerda. Era preciso escolher um.

"O da esquerda", pensou ele. "Estou convencido de que vim por este túnel."

"Não foi?"

Robert retomou o passo tateando pelo corredor.

Na parede, ele avistou outro símbolo estranho. Sentiu um calafrio. Um olho, uma cruz. O que fazia daquele símbolo algo tão incômodo?

Novamente pegou o celular para tirar uma foto.

"Mais um símbolo misterioso", pensou ele.

Em seguida, foi em frente. Teria sido esse caminho que o trouxera ali? Ou não? Passados alguns minutos, suas dúvidas cresceram. Não reconhecia mais o caminho. Quando deu com o pé numa úmida escada de pedra que mergulhava nas profundezas, ele finalmente se convenceu. Não subira escada nenhuma para chegar até ali. Ele havia tomado o caminho errado.

Robert deu meia-volta.

Uma ratazana enorme surgiu bem na sua frente. Ele deu um grito. Não tinha medo de ratos, não era isso; ele mesmo criava um *hamster* em casa. E, no quarto do seu melhor amigo Svein, de vez em quando, apareciam uns ratos.

Mesmo assim, ele precisou fazer uma pausa para recobrar o fôlego. Aquele ali foi meio inesperado.

Uma ratazana... Claro... Aqueles ruídos todos só podiam ter sido os ratos.

Ele abriu um sorriso.

"Ratos!"

Robert apontou a lanterna para as paredes outra vez e avistou mais um símbolo.

Um peixe.

Sua mãe lhe contara que os cristãos utilizavam o peixe como um símbolo secreto. Ele passou a ponta dos dedos pelas bordas e pensou: "Há quase 2 mil anos, havia alguém aqui, exatamente onde eu estou, entalhando exatamente este peixe nesta mesma parede. E, neste instante, meus dedos o tocam".

Bem embaixo do peixe, ele identificou um texto. Tentou decifrá-lo, mas não conseguiu. O texto devia estar em latim. Será que os arqueólogos conseguiriam decifrar aquela inscrição? E se ela revelasse algo importante? Seria mais uma descoberta. Ele sacou o telefone e fez mais uma foto.

O QUE ROBERT APRENDEU SOBRE SÍMBOLOS

Um símbolo é um desenho que representa uma outra coisa. A bandeira nacional, por exemplo, representa o país. O símbolo do peixe representa Jesus. Nos primórdios do cristianismo, os cristãos de Roma utilizavam o peixe como um símbolo secreto. Acredita-se que a palavra grega para peixe — ΙΧΘΥΣ — continha as iniciais de Ἰησοῦς Χριστός, Θεοῦ Υἱός, ὁ Σωτήρ, isto é, Jesus Cristo, Filho de Deus, Salvador.

V

Era preciso reconhecer: ele estava completamente perdido. Não fazia ideia de onde estava. Era como se a catacumba não existisse mais, mas uma fileira infinita de câmaras mortuárias.

Palmilhando cada centímetro dos corredores de pedra, ele continuou caminhando, atravessando portas arqueadas e através de câmaras de pé-direito alto, com o teto dividido ao meio.

"Será que já passei por aqui? Estou andando em círculos?"

Ao contornar a curva seguinte, o túnel se dividiu em mais dois.

Agora ele compreendia por que arqueólogos e espeleólogos, exploradores de cavernas, sempre carregavam consigo enormes novelos de algum tipo de tecido quando se aventuravam por um túnel desconhecido. Era para poder encontrar o caminho de volta.

Robert iluminou o chão diante de si.

E então as descobriu.

Pegadas.

Rastros do seu próprio tênis.

E, depois, outro conjunto de pegadas.

Muito maiores. Mais fundas.

Como se alguém o seguisse.

Em pânico, ele iluminou em volta com a lanterna; depois, a desligou. No escuro, ele se tornara também invisível.

Ele esperou. Tentou controlar a respiração, mas não conseguiu. Seu coração estava a mil. Tentou ouvir alguma coisa.

"Pense, Robert, pense!"

Não é fácil. Os pensamentos lhe fugiam.

"Deve haver uma explicação."

Ele se concentrou. Dois conjuntos de pegadas. Podia significar que estava sendo seguido por alguém. Mas... podia significar também que ele tinha pisado nos rastros de um dos arqueólogos.

Seria isso mesmo?

Ele voltou a ligar a lanterna.

De repente, uma sombra.

Robert levou um susto. Tentou direcionar o foco da lanterna na direção daquele movimento repentino — nas profundezas do túnel. Não viu ninguém. Suas mãos tremiam. O foco da lanterna tremulava.

Impressão. Deve ter sido só impressão.

Ou teria sido a luz da lanterna que criara a ilusão de sombras e movimento ao iluminar as paredes rugosas?

Hesitando, ele prosseguiu. A cada passada, o cascalho do chão imitava um barulho de chocalho. Robert virava-se de um lado para outro, jogando o feixe da lanterna para todas as direções.

Ninguém.

Pegou o celular. Sem sinal. Evidente que não.

"O que é que eu vim mesmo fazer aqui na catacumba?"

Por que ele não tentou conversar direito com sua mãe sobre a cruz copta? Com calma, sem afobamento, para ela poder confiar no que ele dizia. Mas não. Em vez disso, ele *precisava* se meter ali.

VI

Robert continuou. A boca seca. A língua estalando na boca.
"Devia ter trazido uma garrafa d'água", pensou ele.
Pensou na mãe. Sua mãe querida, que sempre se preocupou em lhe dar tudo de bom. Tantas e tantas vezes, ele se pegou impressionado com tamanha preocupação que ela lhe dedicava. Se ele estava indo bem na escola, no time de futebol, com os amigos. "Você pode contar comigo sempre que precisar, Robert". Às vezes, ele tinha ganas de gritar que estava tudo bem. Só para ela parar de aborrecê-lo.

Assim que dobrou a curva seguinte, ele reconheceu o terreno. Tinha atingido o fim do túnel, onde o tapume interrompia o caminho. Atrás dele, o túnel era inexplorado. Perigosíssimo. Robert tinha de voltar.

Um ruído. Nas suas costas.

Mais uma ratazana?

Robert virou-se para trás.

Algo bem pesado passou correndo ao seu lado.

Suas pernas balançaram. Ele quase caiu de joelhos.

No entanto, finalmente ele o viu. Na penumbra, onde o túnel terminava e dava numa câmara.

Um monge.

Um monge com o rosto encoberto por um enorme capuz.

Com olhos que reluziam na escuridão.

Capítulo IV

O MONGE

Roma – na catacumba

I

O monge estava vestido com um longo hábito negro, comprido como um vestido. Uma corda estava atada à sua cintura.

— Q-Quem é você? — gaguejou Robert com a voz embargada.

... é você... é você... é você..., o eco tomou conta do lugar.

O monge não respondeu. Robert repetiu a pergunta, agora em inglês.

... who are you... are you... are you...[8]

O monge se aproximou. Sob a luz da lanterna, seus olhos reluziam ainda mais debaixo do capuz.

Robert deu um passo atrás.

O monge parou. Lentamente, levou a mão da testa à barriga; depois, de um ombro ao outro.

O sinal da cruz.

---

[8] "... quem é você... é você... é você...", em inglês (N. do E.).

E então... começou a cantar.

Baixo, monocórdio.

A voz era clara e grave.

Robert estremeceu.

O tom era amistoso. A canção soava antiga. Robert conseguia entender uma palavra aqui e outra ali. Alguma coisa do tipo *Christi crux est mea lux* — seja lá o que isso significasse.

II

De repente, o monge interrompeu o canto. Eles se encaravam imóveis. Esperando. O monge ergueu o braço e mostrou a palma da mão aberta para ele. Como um pastor.

Robert segurou a respiração num soluço.

O monge deu um passo em sua direção. Esticou a mão. Tinha no dedo um enorme anel de ouro. No anel, Robert conseguiu perceber um símbolo incrustado:

Uma cruz dentro de um... dente canino?

Robert sentiu que precisava escapar dali. Deu uma rápida olhada em direção ao tapume. Entre ele e o chão, havia um vão de uns trinta centímetros, mais ou menos.

Ele hesitou por um instante. E, então, jogou-se para trás. Desesperado, passou por baixo do tapume. Afastando-se do monge. Suas costas rasparam na madeira. O movimento parecia durar uma eternidade. Ele contorceu-se e conseguiu passar para o outro lado. Lançando-se na escuridão total.

Então, sentiu uma mão agarrar firme seu tornozelo. Com uma força assombrosa, o monge arrastou Robert de volta.

Suas roupas estavam presas à tábua, que não era exatamente sólida. Ele a sentiu ceder e se mover na direção do monge, que precisou largá-lo para se proteger do tapume que desabava.

Robert arranhou-se na perna. Sem olhar para trás, ele saiu correndo na escuridão. Desbravando o trecho interditado da catacumba.

Uma área insegura e perigosa, segundo Umberto, mas ele sequer tinha tempo de pensar nisso.

Com um movimento brusco, o monge atirou o tapume para o lado e saiu correndo atrás de Robert.

Robert não tinha ligado a lanterna. Ele achou que a escuridão lhe daria uma pequena vantagem. Correu tão rápido que ambas as mãos ficaram machucadas pelo contato com as paredes de pedra.

O monge gritou algo. Robert não conseguiu entender o quê.

Ele estava perto. Muito perto.

Robert correu ainda mais rápido. Para o coração das sombras.

De repente, sua cabeça atingiu uma saliência no teto. Ele ficou tonto e desabou no chão.

Um estampido surdo. E mais outro.

O monge deve ter esbarrado no mesmo obstáculo.

Robert bem que tentou seguir em frente, cambaleando, mas não conseguiu manter o equilíbrio. O chão estava se movendo? Ele se apoiou nas paredes. Areia começou a cair sobre ele e a escorrer pelo seu rosto.

"O que está acontecendo?"

Um estalo. Um estrondo. Uma nuvem de poeira tomou conta do ar. Ele começou a tossir.

Era o teto que havia desmoronado, bloqueando a passagem.

III

Tudo aconteceu tão rápido que Robert mal conseguia organizar os pensamentos.

O desmoronamento o cobriu de poeira dos pés à cabeça. Uma nuvem de poeira e areia tomou conta do ambiente. Ele não parava de tossir. Mal conseguia respirar. Tapou o rosto com o lado oposto do cotovelo. O nariz e a boca ele cobriu com o tecido da camisa. Tentou respirar bem fundo várias vezes. Tornou a tossir. Seus olhos ardiam. Ele piscou várias vezes para tentar se livrar do pó.

Silêncio.

Robert sentou-se no chão duro de pedra para tentar conciliar a respiração, o coração e o medo.

Que fim teria levado o monge?

Teria se abrigado numa cavidade ou teria fugido? Estaria no mesmo ambiente que Robert? Ou debaixo da enorme massa de pedra e areia que desmoronara?

Robert religou a lanterna. Iluminou ao seu redor. Era quase impossível ver alguma coisa além da nuvem de poeira. Nada além das caveiras diante de si. Ele desviou o olhar. Desligou a lanterna. Era importante economizar as pilhas.

IV

A poeira começava a se assentar. Agora ele poderia vasculhar pelo interior da catacumba.

Ele iluminou à sua volta.

A passagem por onde entrara estava bloqueada por toneladas de pedra. O monge não conseguiria mais lhe alcançar. A direção oposta desaparecia na escuridão.

Ele lembrou-se das palavras de Umberto: "Não há saída naquela direção".

Ele estava preso.

Automaticamente, seus olhos foram atraídos pelos esqueletos na parede. Era como se as caveiras olhassem para ele rindo.

Ele desligou a lanterna.

V

Foi quando escutou a voz.

Baixa. Próxima. Quase imperceptível.

— Robert —, sussurrou ela.

Apenas isso.

— Robert.

Capítulo V

A VOZ

Roma – na catacumba

I

— Robert...

Um sussurro na escuridão.

Ele ligou a lanterna. Olhou em volta. Mas não havia ninguém ali. Era somente ele.

Então quem teria sussurrado seu nome?

A voz era muito suave para ser a do monge. Uma voz feminina.

Uma jovem garota.

O túnel continuava cheio de pó do desmoronamento. Quase uma neblina. Os olhos ardiam. Ele sacudiu a areia e a poeira das roupas.

"Uma garota? Uma garota na catacumba?"

Uma garota que sabia como ele se chamava... Não era possível.

— Robert! Venha!

Era ela novamente. A voz. Insistindo.

— Robert! Apresse-se!

"Deve ser apenas uma impressão minha", disse Robert a si mesmo.

Ligou para o número do celular da sua mãe. Esperou. Mas nada. Sem sinal nenhum.

Seus dedos tremiam tanto que ele não conseguia teclar direito, mas, assim mesmo, escreveu um SMS:

Preso na catacumba! :(Desabou o teto. :(São e salvo! Preciso de ajuda! Sorry[9]*!*

Apertou o *send*. Com um pouco de sorte, poderia acontecer de conseguir alguns segundos de conexão.

O que ele não podia era perder as esperanças.

II

Pé ante pé, cuidadosamente, Robert retomou a caminhada pelo túnel. Avançando escuridão adentro. A sensação era de voltar no tempo. A poeira se acumulava em camadas. Cobria o chão e os esqueletos amontoados nas paredes. Parecia até que estavam empanados com farinha.

Estava tão quente e úmido que ele precisou desabotoar a camisa. Percebeu que era cada vez mais difícil respirar. Haveria oxigênio suficiente no túnel? Um laivo de pânico. Se o ar fresco se tornasse suficientemente viciado, ele logo iria se asfixiar. Lenta e cruelmente. Ele inspirou profundamente. Encheu bem os pulmões de ar. Prendeu o fôlego. Soltou o ar. Voltou a inspirá-lo bem fundo. Repetindo todo o processo. Inspirando, expirando. Inspirando, expirando. Por fim, deu-se conta de que o pânico tinha ido embora.

Robert não acreditava em fantasmas. Pelo menos, não naqueles encobertos por um lençol, arrastando correntes presas nos tornozelos. No entan-

---

[9] "Desculpa", em inglês (N. do E.).

to, na sua fantasia ele imaginava como aqueles mortos, entediados ali dentro, passavam a vaguear pelos corredores escuros e vazios daquelas câmaras. Não como esqueletos. Talvez como meras aparições — breves reflexos daquele mesmo corpo que uma vez habitaram. Fugazes imagens do além.

Imerso naquele breu, ele imaginou as procissões fúnebres que percorreram aqueles corredores havia cerca de 2 mil anos. Parentes chorando. Pais enlutados. Talvez alguém entoando um cântico. Os mortos deitados numa maca, envoltos em linho. Rosas recém-colhidas.

Robert não parava de caminhar, sempre para frente... E pensou: "No cerne desta catacumba, fazia quase 2 mil anos que um ser vivo não punha os pés."

Subitamente ele parou. Um gemido lamurioso fez seu corpo inteiro congelar. Um uivo contínuo proveniente do fundo da catacumba.

III

Com o coração prestes a saltar pela boca, ele ficou parado, apenas escutando... esperando... escutando... esperando... Músculos retesados, aguardando o uivo seguinte, agudo e cortante, que lhe provocava calafrios até na medula.

"De onde vinha aquele uivo? E quem o produzia?"

Não era um ruído humano aquilo. Disso ele tinha certeza. Haveria animais selvagens habitando a catacumba?

O uivo ecoava como se fosse... — ele tentou afastar esse pensamento, mas não conseguiu — como se fosse de um monstro. Como se fosse de um zumbi.

Robert espremeu-se contra a parede. Não queria ligar a lanterna. Não desejava denunciar sua presença ali.

Ele ficou especulando sobre quem ou o que poderia produzir um uivo daqueles.

Por acaso alguma espécie animal conseguiria se desenvolver naquelas profundezas? Um animal selvagem, subterrâneo, cego, sem pelos, cuja dieta incluiria ratos, morcegos, insetos e tudo o mais que pudesse ser encontrado por ali?

Como jovens adolescentes noruegueses, por exemplo?

Mais um uivo.
Duradouro. Condoído.

Robert fechou os olhos. De repente, chegou a uma conclusão: "O vento!"
A sensação de alívio foi indescritível. Devia ser o vento! Soprando por uma passagem estreita.

E o vento só poderia significar duas coisas: que dentro do túnel não faltaria oxigênio e que devia haver uma saída em algum lugar próximo.

IV

— Robert.

A voz. Novamente. Aquela voz feminina tênue, quase um sussurro.

Robert ligou a lanterna, quase querendo encontrá-la. Bem ali, diante de si.

Pálida. Morta.

Desligou a lanterna. E voltou a ligá-la imediatamente.

Foi justamente quando a descobriu.

Capítulo VI

MEDO

Roma

Holofotes iluminando a noite. *Flashes* espocando. Um repórter empunhando um microfone transmitia ao vivo para a TV: *No momento, não se sabe ainda o que desencadeou o desmoronamento, mas a polícia teme que uma pessoa esteja presa nas profundezas da catacumba.*

Os jornalistas acotovelavam-se ao redor do comandante da brigada de salvamento, que, junto de Umberto, analisava cuidadosamente o mapa das escavações.

No meio dessa pequena multidão estava a mãe de Robert, temendo o pior. Ela descobrira que ele tinha desaparecido quando voltou do jantar dos arqueólogos. Primeiro ficou furiosa. Depois começou a desconfiar de algo mais. Abriu a bolsa. Exatamente. A chave da catacumba tinha sumido.

"Robert!"

Outro carro de bombeiros estacionou. A luz dos giroscópios refletia nas fachadas dos prédios. Conversas via rádio. A polícia estendeu faixas de plástico para manter os curiosos a distância.

O comandante da brigada de salvamento era um bombeiro massudo, com capacete e um pesado uniforme. Cerimoniosamente ele segurou a sua mão.

— Este gorro pertence ao seu filho? — perguntou, exibindo o gorro de Robert.

Tudo o que ela conseguiu foi afirmar que sim com a cabeça.

— Senhora — prosseguiu ele —, faremos tudo que estiver ao nosso alcance para tentar encontrá-lo.

As palavras soaram como uma sentença capital. Ela caiu em prantos.

Capítulo VII

ANGELINA

Roma – na catacumba

Uma garota.

Robert tomou um susto tão grande que caiu sentado.

Na penumbra empoeirada, ela parecia uma imagem desfocada.

Uma garota?

O que ela fazia ali?

— **Robert!** — aquela voz, havia algo estranho com ela. — **Rápido!**

— Quem é você? — indagou ele. — Como sabe como eu me chamo? Você conhece o caminho para fora?

— **O tempo urge! Você precisa se apressar, Robert!**

Com o indicador, ela acenou para ele. Robert seguiu atrás dela, desconfiado.

"Urge? O que urge?"

A passos rápidos — tão rápidos que mais parecia que ela estava flutuando, e não correndo —, a garota mergulhou na escuridão.

Robert a acompanhou até um local que parecia uma enorme câmara, apinhada de esqueletos.

De pé, ela o aguardava. Através da poeira em suspensão, ele finalmente conseguiu enxergá-la melhor. Uma garota mais ou menos da sua idade. Ela vestia uma espécie de vestido branco com um cinto. Robert estava ofegante. Ela não parecia sequer cansada.

— Apresse-se, Robert! Temos pouco tempo!

Havia algo definitivamente estranho com a sua voz. Algo que ele não conseguia identificar.

— Espere! — gritou ele. — Como é seu nome?

— Angelina.

"Angelina. Como um anjo", pensou ele. *Anjo...*

— Não sou nenhum anjo, não. Quisera que fosse. Um anjo no paraíso celeste.

Capítulo VIII

SEM ESPERANÇA

Roma

Escoltados por quatro motocicletas da polícia, aproximaram-se um guindaste e um caminhão transportando uma escavadeira. Aos gritos, homens manobraram a escavadeira para o chão. A mãe de Robert não conseguia entender o que o guindaste iria erguer. Os jornalistas e as equipes de TV foram conduzidos para uma área longe do centro de salvamento improvisado. O tempo inteiro, reluziam os *flashes* e as luzes dos giroscópios. Umberto e o comandante da brigada de salvamento aproximaram-se dela. Limparam a garganta e olharam em volta, desconcertados.

— O trecho da catacumba que desmoronou — disse o comandante da brigada — é aquele mais profundo e ainda inexplorado.

— E tão distante que é improvável que Robert tenha se aventurado por lá — acrescentou Umberto.

"Isso é porque você não conhece o Robert", pensou a mãe.

— Estamos fazendo tudo o que podemos — disse o comandante da brigada.

Ela podia perceber por aquele olhar deles. Tinham perdido as esperanças.

Capítulo IX

O DESMORONAMENTO

Roma – na catacumba

— Apresse-se, Robert!

Eles corriam.

"Por que tanta pressa assim?"

Durante vários minutos Angelina conduziu Robert por labirintos de corredores.

— Mais rápido, Robert, mais rápido!

Imediatamente ele percebeu.

Primeiro foram as vibrações. O chão balançou. Poeira e areia caíam do teto.

Então veio o estrondo.

Como um trovão.

Ressoando. Ecoando.

— Mais rápido, Robert! *Mais rápido!*

Como um grito reverberando dentro da sua cabeça.

Robert olhou para cima. Uma fissura se abriu no teto. Areia, pedras e lama escorreram por lá.

— Por aqui, Robert! *Por aqui!*

Ele seguiu atrás dela.

— Rápido!

Em seguida, a catacumba veio inteira abaixo.

Capítulo X

TERREMOTO

Roma

Um terremoto

Tudo indicava que sim. As ruas sacudiram. Gritos. Um carro estacionado ficou com as quatro rodas para o ar. Os alarmes dos carros dispararam. Telhas despedaçaram-se no asfalto. Do subterrâneo, através dos bueiros nas calçadas, brotavam pilares de poeira. Um terremoto, imaginou a mãe de Robert. Assim que viu a expressão estampada no rosto de Umberto, ela compreendeu tudo. "A catacumba!"

— Ah, meu Deus! — exclamou ela.

Umberto a encarou sem dizer nada. Sem esboçar movimento, apenas olhava para ela. Por fim, abriu a boca e disse:

— Não significa necessariamente nada.

Mas claro que significava alguma coisa. Robert estava em algum lugar lá no subsolo. E agora tudo tinha vindo abaixo.

Ela correu até a entrada da catacumba. No entanto, já não havia entrada alguma ali. Somente pedras.

Toneladas de pedra sobre pedra.

O comandante da brigada de salvamento aproximou-se dela. Tirou o capacete. Seus olhos estavam úmidos de lágrimas.

— Senhora, fizemos tudo o que podíamos.

Ela cerrou o punho e o levou à boca.

— Provavelmente as escavações deixaram o terreno muito instável — continuou ele. — Naturalmente, deve ter havido um deslizamento... — sua voz foi sumindo junto com as palavras.

Ela não ousou perguntar nada. Ambos ficaram parados, entreolhando-se.

— Robert — balbuciou ela, finalmente.

O comandante da brigada de salvamento segurou o capacete com ambas as mãos e olhou para o chão.

— Não — limitou-se a dizer, quase num sussurro.

Umberto achegou-se e a abraçou.

— Não, não, não...

Seus joelhos fraquejaram. Umberto teve de firmá-la em pé.

— Nãããããããããããããooooooooo!

Seus gritos lancinantes encheram a noite. O trabalho cessou. Todos os bombeiros tiraram os capacetes. Ao redor, tudo ficou em silêncio. Tudo o que se ouvia era o barulho de uma sirene se aproximando e o choro histérico da mãe de Robert.

Capítulo XI

A JOIA

Roma

I

No subterrâneo os estrondos eram ainda maiores. Rochas pesadas desabavam sobre eles. Areia e poeira pairavam no ar.

— *Rápido!!! Mais rápido!!!*

Angelina arrastava Robert atrás de si.

— *Mais rápido ainda, Robert!*

Enormes blocos de pedra se desprendiam do teto e atingiam o chão. Angelina e Robert corriam de mãos dadas. O mais rápido que conseguiam. Ao redor o mundo se desmanchava em estrondos. Angelina o conduziu até uma passagem estreita, que levava a um porão antiquíssimo, feito de pedra. Angelina entrou primeiro. Robert precisou se esgueirar por entre caixas de madeira e cestos de palha para finalmente adentrar o porão. No segundo seguinte, a passagem atrás de si também desmoronou.

— Onde estamos? — gritou Robert.

Angelina não respondeu.

— Angelina?

Ele olhou em volta.

Ela se fora. Robert não compreendeu nada. O que tinha sido feito dela? Naquele porão empoeirado e escuro, ela deve ter conseguido avançar sozinha.

Robert seguiu em frente. Subindo uma antiga escada de pedra. Os degraus estavam encobertos por uma grossa camada de pó. Nenhuma pegada. Estranho.

— Angelina?

Ela certamente deve ter corrido na sua frente. Mas por que não respondia? Por que não esperava por ele?

Do porão, Robert continuou até o que era uma antiga cervejaria. Com as mãos trêmulas ele abriu uma porta, que dava para um quintal. A escada comprida drenara suas últimas forças. Robert apoiou-se no muro para recobrar o fôlego.

Ele olhou em volta. O quintal estava vazio.

— Angelina! Onde você está?

Ela tinha salvado sua vida e então desaparecera sem deixar vestígio.

Robert conseguiu atravessar o quintal e sair em direção à rua. Já do lado de fora, ele vagueou na direção das luzes. Exausto, confuso. Tossindo. Com os pulmões cheios de pó.

Primeiro fez-se um completo silêncio. Em seguida, começou o burburinho.

— Um milagre — de repente alguém gritou.

Algumas pessoas bateram palmas.

Para Robert, parecia um ruído distante, quase irreal. Seus ouvidos zuniam.

Nesse instante, ele avistou sua mãe. Umberto a abraçou.

— Veja! — gritou Umberto.

A mãe enxugou as lágrimas dos olhos e apurou a vista.

Passaram-se ainda alguns segundos.

— *ROBERT!* — com um grito agudo, ela desvencilhou-se de Umberto e saiu correndo na sua direção.

— Mamãe — soluçou Robert.

— Robert! Ah, Robert! — choramingou ela.

Durante vários minutos, eles ficaram ali, abraçados. Ao redor, misturados ao batalhão de repórteres e fotógrafos, os bombeiros da brigada de salvamento aplaudiam.

II

Dois enfermeiros com casacos fluorescentes sobre os uniformes ajudaram Robert a entrar na ambulância. Ele sentou-se na maca. A ambulância partiu. Foi só aí que percebeu. Algo pesado pendendo do seu pescoço e pressionando seu peito foi o que ele viu ao olhar para baixo.

Robert segurou o objeto.

Uma joia?

— *Very nice*[10] — disse o enfermeiro, sorridente.

O motorista da ambulância ligou a sirene.

De onde teria vindo aquela joia?

Ele a examinou mais detalhadamente.

---

[10] "Muito bom", em inglês (N. do E.).

"Incompreensível!"

Pendurada no seu pescoço, a joia era exatamente igual àquela que sua mãe descobrira no relicário, encontrado ao lado da igreja de madeira de Borgund:

Os Cães do Senhor

A astrônoma-chefe Suzy Lee, do observatório Mauna Kea, serviu-se da décima xícara de café da noite. O café requentado e já frio tinha um gosto horrível, mas, pelo menos, a mantinha acordada.

Daquele deserto no topo de uma montanha a 4 mil metros de altura, no Havaí, no meio do Oceano Pacífico, Suzy e os demais astrônomos observavam o Universo com os telescópios mais potentes que existem. Dali o novo cometa era acompanhado de minuto a minuto. Através do telescópio, Suzy vislumbrava o céu noturno. Desde a descoberta do novo cometa, ela não tinha conseguido conciliar uma única noite de sono. Passava o tempo inteiro trabalhando com a sua equipe. Alternando intervalos, cochilava numa cama improvisada num canto do observatório.

— Já terminou de calcular a trajetória e a órbita do cometa? — quis saber um colega.

— Trabalhando nisso — respondeu Suzy, engolindo mais um pouco do café.

— E quanto ao tamanho?

— Não terminei ainda. Mas ele é bem grande.

No trabalho, ela utilizava ao mesmo tempo um computador e um bloco de notas. Seus dedos corriam sobre o teclado para então sua mão empunhar uma caneta e ela anotar uma comprida sequência de números.

Ninguém tinha ouvido falar daquele novo cometa antes. Suzy e os outros astrônomos estavam ao mesmo tempo maravilhados e curiosos. Seria proveniente do enorme cinturão de Kuiper, além do planeta Netuno. Viria da nuvem de Oort, ainda mais distante no Universo. Suzy não tinha ideia. No entanto, de uma coisa ela estava certa: um cometa consiste em sua maior parte de gelo, mas também de pedra e metal. Ao se aproximar do Sol, ele ganha um cauda de gelo e poeira. Uma visão fantástica.

"Nós, seres humanos, somos fascinados por cometas desde a Antiguidade", pensou Suzy dando mais um gole na xícara. Ela deu uma olhada nos seus apontamentos. "Nos tempos antigos, os cometas aterrorizavam as pessoas." Ela sorriu. "Era uma gente tão supersticiosa. Sempre que viam um cometa, acreditavam que algo terrível iria se abater sobre a Terra."

Suzy examinou seus últimos cálculos sobre a órbita e o curso do cometa. Franziu o cenho. Sentiu seu coração pulsar mais forte.

— Isso não pode estar certo — murmurou para si mesma, flagrando-se numa súbita inquietação.

Mosteiro Vescovo al Monte
Itália

— Perdoa-me, Senhor, pois eu pequei.

Lucio ajoelhou-se. No altar, bem elevado em relação ao chão, na antiga cruz de madeira, estava Jesus crucificado. A imagem de madeira lhe fitava com um semblante triste. Lucio pôs as mãos em prece e encostou a cabeça na dura bancada do altar. Através dos vitrais os raios do sol iluminavam o ambiente com luzes multicor. Arco-íris em miniatura. Do outro lado do mosteiro, ecoavam vozes em coro. Nuvens de uma fumaça adocicada e pungente ao mesmo tempo pairavam pela capela.

Do lado de fora, pelos compridos corredores, passavam os monges vestidos em hábitos escuros e largos, na sua lida diária. Alguns ajoelhavam-se em preces. Cada minuto do dia deveria ser preenchido com atividades em honra do Senhor. Alguns estudavam a *Bíblia* em grupos, outros trabalhavam no jardim do mosteiro. Ociosidade era sinônimo de pecado.

Ao longo de centenas de anos, a ordem monástica de Lucio vinha procurando um amuleto sagrado. Ele foi mencionado pela primeira vez numa antiga profecia judaica e, em seguida, numa lenda romana.

Há cerca de 2 mil anos — logo depois da crucificação de Jesus —, o amuleto foi dividido em dois. Isso fez os monges passarem a procurar por duas joias. Dois triângulos. Um deles foi roubado dos monges pelos *vikings* no ano 800. O outro desapareceu em Roma, há 1.800 anos.

Segundo a antiga profecia, uma estrela brilharia no céu para reafirmar o testemunho de que Deus criara a Terra para depois destruí-la. Quando o amuleto fosse utilizado por um infante da Ultima Thule — o Norte polar —, o mundo seria salvo da perdição. Para os monges, a mensagem era cristalina: o amuleto seria capaz de reverter o Dia do Juízo Final! Porém, a perdição, para os monges, significava o transcorrer do tempo na ausência de Deus. Nada era mais importante para eles do que o Dia do Juízo Final. Pois então Jesus Cristo retornaria, a Terra cheia de pecado sucumbiria e, em seu lugar, seria estabelecido o próprio Reino de Deus.

Na profecia também havia uma menção a uma certa guardiã do amuleto. Os monges não estavam bem certos sobre o que representava essa guardiã. Tudo o que sabiam era que sua ordem fora incumbida por Deus de encontrar essa joia.

Tão logo sua tarefa divina fosse cumprida, sobreviria o Dia do Juízo Final.

A joia que os *vikings* roubaram dos monges havia sido enterrada. Por séculos a fio, os monges viajaram para a gelada terra do Norte — a Noruega — à procura do amuleto. Sempre retornavam de mãos vazias.

Agora, finalmente estavam na pista certa. Não exatamente daquele amuleto roubado pelos *vikings*, mas daquele que desaparecera em Roma.

Tudo isso por conta da catacumba recém-descoberta.

O amuleto foi batizado de Estrela Sagrada.

Na obra *De fide ad Gratianum Augustum*, escrita há aproximadamente 1.700 anos, constava um relato dos feitos de um homem chamado Horácio — mais tarde conhecido como Horácio, o Santo. No século II, ele tomou parte na perseguição de uma freira cristã que pertencia ao convento onde a Estrela Sagrada era custodiada. Horácio escreveu:

Empreendemos uma perseguição ruidosa, a brados altos, pelos portões de Roma. Para nós, ela não passava de uma ratazana. Seríamos impiedosos. Por fim, ela fugiu para uma catacumba. Acreditava-se segura lá dentro — protegida pelo escuro, em meio ao odor pútrido dos cadáveres, velando seus irmãos mortos. No entanto, nossa ira não conhecia limites. Encurralamo-la no interior da catacumba. Bloqueamos a entrada construindo uma muralha de pesadas rochas. Dessa forma, a sepultamos naquela escuridão eterna.

Pelos anos seguintes, os monges vasculharam todas as catacumbas conhecidas de Roma em busca do amuleto desaparecido. A jovem freira mencionada por Horácio poderia muito bem ter deixado o amuleto no interior de uma catacumba, mas as buscas eram infrutíferas. Quando os monges ouviram falar de mais uma catacumba — recém-descoberta —, alimentaram a esperança de encontrar o amuleto.

O cardeal — líder do mosteiro — pedira a Lucio que não medisse esforços pela causa. Noite após noite, Lucio ia a Roma e se infiltrava na catacumba tão logo os arqueólogos deixavam a área das escavações. Pacientemente ele vasculhava a catacumba — centímetro por centímetro — tentando encontrar o amuleto.

Em vão.

Naquela noite, Lucio pôs-se a meditar. Ao se aventurar pela catacumba, de repente ele não estava mais sozinho. Encontrara um garoto que andava em círculos pelos corredores. Sozinho.

Quem era ele? De onde vinha? O que fazia ali nas profundezas da catacumba?

Lucio decidiu segui-lo de perto. O garoto utilizara a câmera do celular para fotografar os símbolos nas paredes. Lucio não compreendia por quê. Mas ele tinha o pressentimento de que o garoto sabia de algo. Que teria uma novidade.

Quando finalmente se denunciou, o garoto estava em pânico. O capuz enorme do hábito deixava seu rosto sombrio. O hábito em si lhe caía até a altura dos pés. Para alguém que jamais esbarrara com um monge Domini Canes, aquela imagem era algo apavorante. Até aí, Lucio sabia. Numa tentativa de acalmar o garoto, ele começou a entoar um antigo salmo, mas o cântico de nada adiantou.

O que ele jamais imaginara é que o garoto conseguiria escapar. Rápido como um camundongo, ele deslizou por baixo do tapume de madeira que protegia o limite explorado da catacumba. Quando a passagem desmoronou, Lucio ficou convencido de que o garoto teria morrido. Soterrado sob toneladas de areia e pedra. Ele persignou-se e implorou em preces para que Deus acolhesse o pobre jovem no Seu reino. Imediatamente saiu da catacumba e dirigiu a toda velocidade os muitos quilômetros de volta ao mosteiro para relatar o ocorrido e implorar o perdão por seus pecados.

Somente na manhã seguinte, quando o cardeal lhe mostrou o jornal, ele soube que o garoto escapara são e salvo do desmoronamento. Não apenas isso: ele também saíra de lá sem ferimentos depois que, mais tarde, a catacumba inteira sofreu um colapso. Sem dúvida, a mão de Deus Todo-Poderoso intercedera para proteger a ambos.

A antiga fortaleza do mosteiro Vescovo al Monte estava encravada ao lado de uma escarpa deserta e íngreme. Lá os monges da ordem Domini Canes poderiam adorar e rezar a Deus longe de vizinhos curiosos, turistas e padres, sempre ávidos por saber como o próximo honrava a Deus. Por centenas de anos, os monges limitaram-se a ficar enclausurados no mosteiro ermo, que sobressaía no alto da montanha íngreme como uma poderosa fortaleza dos cruzados.

Domini Canes.

Era o nome pelo qual se tornariam conhecidos.

Os Cães do Senhor.

No começo, a denominação servia apenas para distingui-los dos monges rivais e padres que não reconheciam os costumes e rituais da ordem. Nenhum dos seus inimigos — nem o Papa em Roma nem as demais ordens monásticas — conhecia o antigo segredo dos Domini Canes: o *Codex Domini*.

O *Codex Domini* era uma antiga e volumosa *Bíblia* de pergaminho, conservada numa sala especial dentro do mosteiro.

Somente os monges Domini Canes sabiam da sua existência.

O *Codex Domini* era mais antigo que todas as outras edições da *Bíblia*. Não apenas continha antigas versões de textos que depois seriam incluídas no *Novo Testamento* mas também escrituras que haviam sido banidas quando as primeiras autoridades cristãs determinaram quais textos deveriam constar na *Bíblia*.

Textos secretos. Textos misteriosos...

Um deles continha a profecia da Estrela Sagrada.

Lucio era um monge devotado. Sua tarefa era obedecer a Deus e a seus superiores. Caso às vezes precisasse ignorar leis e costumes terrenos, que assim fosse. Nós, homens, somos feitos à imagem e semelhança de Deus, Lucio sabia. Sem Deus, não haveria seres humanos aqui na Terra. "O que significaria então uma miserável vida humana?", ponderava Lucio.

O Senhor provê e o Senhor tira.

Nada é mais importante do que servir à causa de Deus.

— Eis que aqui está o fim dos tempos. E o retorno de Jesus está próximo.

O cardeal, chefe máximo e autoridade espiritual do mosteiro, olhou no fundo dos olhos de cada um dos presentes. Tinha todos os líderes religiosos do convento à sua volta. Nas mãos, ele segurava um exemplar do jornal *Corriere della Sera*. A primeira página estava tomada por uma enorme fotografia. Uma matéria sensacional. Sob a manchete *O garoto do milagre!*, era possível ver um jovem garoto escapando cambaleante de uma nuvem escura de poeira, coberto por uma espessa camada de pó e areia.

No entanto, não era apenas o garoto que atraía as atenções do cardeal e de seus homens.

Era a joia que ele estava usando.

Atrás da sua camisa entreaberta, era possível divisar uma corrente de onde pendia um triângulo.

O cardeal não disse nada. Apenas fez um meneio com a cabeça — que todos compreenderam — e jogou o jornal de lado.

— Podemos ter certeza? — perguntou o abade.

— Somente os loucos têm certeza — disse o cardeal. — Mas tudo indica que estamos certos. A freira sobre a qual escreveu Horácio queria muito proteger o amuleto da multidão que atacou o convento e a perseguiu através das ruas de Roma. Creio que a catacumba onde ela se escondeu finalmente foi descoberta. O que diz a profecia?

— Que a Estrela Sagrada brilhará e...

— Sim, sim! Não é isso! Mais adiante!

— Quando a joia estiver em poder de um infante da Ultima Thule, a Estrela Sagrada novamente será una e salvará o mundo da perdição.

— O que significa...?

— O retorno de Jesus! O Juízo Final. O Armagedon. A destruição do planeta. O Reino de Deus na Terra. Todos os mortos ressuscitarão e Deus irá arrebatar os seus para Si.

— Aleluia! — gritaram os monges.

O cardeal os silenciou.

— Um infante da Ultima Thule, o distante, frio e inóspito Norte. E de onde é esse garoto?

Ele estendeu o jornal ao abade, que ajustou os óculos no nariz e leu a notícia.

— Da Noruega — disse o abade, extasiado.

— Exato. É o jovem da Ultima Thule.

— No entanto, esse garoto não pode em nenhuma circunstância se apossar do amuleto. Ele nos pertence — afirmou o abade.

O cardeal assentiu e voltou a encarar os olhos de cada um dos homens.

— Esse garoto — falou pausadamente — está entre nós e a destruição.

Depois de encontrar seus principais auxiliares, o cardeal foi para a capela fazer suas orações.

O longo hábito arrastava-se pelo chão. Era preto, como os hábitos dos demais. Porque era cardeal, ele tinha uma faixa vermelha na cintura e, cobrindo a cabeça, um solidéu, uma espécie de pequeno gorro, igualmente vermelho.

Ele ajoelhou-se diante do altar e uniu as mãos. Na sua prece, pediu conselhos a Nosso Senhor, fitando longamente a imagem de Cristo crucificado.

Armagedon. Juízo Final.

Seria possível?

Há 2 mil anos, a Igreja vem aguardando o Armagedon. A destruição da Terra. O julgamento de Deus sobre o mundo. E agora esse tempo se aproximava. Disso o cardeal tinha certeza. Todos os sinais indicavam que o fim dos tempos estava à espreita. Satã tinha encontrado seu lugar na Terra. Disso já se sabia. Guerras. Terrorismo e devastação ambiental. Terremotos. Homens e mulheres lascivos que viviam em pecado. O cardeal horrorizou-se. Era assim que estavam aniquilando tudo aquilo que a *Bíblia* enaltecia. Os homens estavam em via de destruir o produto da criação divina. Tudo por culpa de Satã. E, quanto mais fortalecido Satã estivesse, tanto mais próximo estaria o Armagedon. O fim dos tempos. A destruição da Terra, mas, sobretudo, a instauração do Reino de Deus entre nós.

Com a destruição total, Nosso Senhor emergiria do campo de batalha como o indiscutível vencedor. Satã seria destruído, feito em pedaços e cairia morto, e Deus resgataria todos que acreditavam Nele e em Seu único filho, Jesus Cristo.

"Nosso Senhor terá de nós todo o apoio que precisar", pensou o cardeal.

Depois da prece, o cardeal seguiu para seu escritório localizado numa das torres mais elevadas do mosteiro.

Desde a janela do escritório, ele tinha uma vista completa daquela paisagem erma. Ele fez soar o sino dourado que estava sobre a mesa. Quase instantaneamente surgiu na porta um dos noviços — aprendizes de monge — fazendo uma discreta reverência.

— Traga o irmão Lucio até mim. Desejo ter uma conversa com ele.

— Sim, meu senhor — com mais uma reverência o noviço se foi.

Lucio bateu na porta e o cardeal disse para que entrasse.

— Caro Lucio — disse ele. — Por mais de 2 mil anos, a nossa ordem procurou cumprir a profecia. Encontrar os dois amuletos e unir a Estrela Sagrada. Mas jamais soubemos do paradeiro de uma das partes, e a outra nos foi roubada pelos *vikings*. A cada 25 anos, enviamos uma expedição, composta por monges escolhidos a dedo, para a fria terra do gelo a qual chamamos de *Norvegr*, a Noruega. Somente os monges mais experientes, fortes e tementes a Deus são escolhidos. Ainda assim, eles nos retornam de mãos vazias. A cada vez. Sempre.

— Em nome de Jesus, a sorte logo irá nos contemplar.

— Muitas pessoas tentaram interpretar a antiga profecia sobre a Estrela Sagrada. Pouquíssimos tiveram êxito. Eles não a compreendem. Mas nós, sim.

Lucio assentiu com a cabeça.

— Portanto, sabemos bem quão vital é que o jovem, esse tal de Robert, nos entregue o amuleto.

— O cardeal acredita que ele *nos* entregará o amuleto?

— É por isso que lhe convoquei, Lucio. Tenho acompanhado sua trajetória desde que ingressou aqui como noviço. Sei que é um monge temente a Deus e ciente das suas tarefas. Firme na sua fé. Forte e experiente.

— Apenas me esforço para cumprir o meu destino.

— Tenho uma tarefa para você.

— Estou à sua disposição, cardeal.

— Quero que lidere a próxima expedição sagrada à Ultima Thule, à Noruega.

— Eu?

— Você, Lucio. Ache o garoto! E traga a joia de volta. Custe o que custar. É o Reino de Deus que está em jogo.

... COMO NUM SONHO

A astrônoma-chefe Suzy Lee, do observatório de Mauna Kea, estava arfando. Pela terceira vez, ela teve de revisar seus cálculos.

Alguma coisa devia estar errada.

Ela tateou a mesa tentando alcançar a xícara, mas, de tão trêmula, derramou o café. O líquido morno escorreu manchando suas anotações.

— Suzy? — disse um colega. — Está tudo bem?

Suzy não disse palavra.

— Você está tão pálida. Está se sentindo mal?

— O cometa...

— O que tem ele?

Com o dedo trêmulo, Suzy apontou para o bloco de notas com os cálculos. O café ainda escorria borrando os números. Ela engasgou várias vezes até finalmente responder:

— O cometa está se aproximando a toda velocidade e vai se chocar contra a Terra!

Capítulo I

O GAROTO DO MILAGRE

Roma – Oslo

I

A sirene da ambulância consistia de um tom alto e outro baixo, repetindo-se num ritmo irregular.

Robert enfiou a joia sob a camisa e a abotoou de novo. Felizmente, a mãe não reparara na corrente. Ele não queria que ela a visse.

Ele não estava compreendendo nada. De onde a corrente surgira? Angelina teria lhe dado a joia sem que ele percebesse?

Um enfermeiro lhe deu um leve beliscão na bochecha. Ele bem que tentara dizer que não estava ferido. Que somente estava coberto de pó. No entanto, ninguém lhe dava ouvidos. Nem mesmo sua mãe.

Deitado na maca, Robert pensava em Angelina. Ele não contara a ninguém sobre ela. Ainda não. O que poderia dizer? Não sabia quem ela era. Ou qual seu paradeiro. O que ela estaria fazendo no interior da catacumba?

Era como se ela soubesse que ele decidira se aventurar lá dentro. Que sabia de antemão que a catacumba desmoronaria. Que viera para lhe mostrar a saída antes de a catacumba desabar.

"Impossível."

E se ela não existisse, afinal? Se fosse apenas um produto da sua imaginação? Forjada a partir do pânico que sentira?

II

Na manhã seguinte, Robert despertou bruscamente com o barulho da porta da enfermaria. Sua mãe irrompeu trazendo o jornal italiano *Corriere della Sera*. Uma enorme foto de Robert tomava conta da primeira página. *O garoto do milagre!*, bradava a manchete. Atrás da mãe, vinha Umberto.

— Agora acho que já é hora de me contar como você foi parar naquela catacumba, Robert — pediu a mãe sentando no canto da cama.

— Preciso mostrar uma coisa a vocês — disse Robert. Ele estava pronto para relatar o que se passara dentro da catacumba, mas somente contaria aquilo que pudesse comprovar. Tudo o que fosse relativo ao monge, a Angelina e à joia ele guardaria para si. Robert mostrou as fotos que havia tirado no interior da catacumba.

— Mas o que é isso? — perguntou Umberto franzindo o cenho enquanto examinava uma foto. — Um *ankh*?

— Foi o que eu achei inicialmente. Mas é uma cruz copta — explicou Robert, sem esconder o orgulho de estar finalmente explicando algo para Umberto.

— Uma cruz copta — disseram em uníssono Umberto e a mãe.

— A cruz copta não é exatamente assim — observou Robert.

— Não mais — pontuou Robert. — Mas no passado, pouco tempo depois de Cristo, ela era assim.

— Hum — disse Umberto. — Você fez essa foto na catacumba mesmo?

— Foi por isso que eu fui até lá. Mesmo sem ter permissão. Descobri a cruz durante a visita, mas vocês não quiseram me dar ouvidos.

— Mas isso é fantástico — murmurou Umberto para si mesmo. — Uma antiga cruz copta dentro de uma catacumba romana! Jamais ouvi falar de coisa parecida. E ela comprova uma relação próxima entre coptas egípcios e cristãos romanos. É sensacional. Muito grato por ter feito a foto antes de a catacumba desmoronar. Garoto, por favor, me envie esta foto imediatamente.

III

Robert não conseguiu pegar no sono. Ficou revirando na cama, pensando em tudo pelo que tinha passado na catacumba. Em todos aqueles símbolos, nas pegadas, no monge, mas principalmente em Angelina.

Será que deveria ter avisado à brigada de salvamento sobre ela? Não... Eles não o teriam levado a sério de qualquer forma. E se o tivessem, o que poderiam fazer? Nada. Coisa nenhuma. Angelina teria conseguido escapar pouco antes de Robert. Caso contrário... Não, ele nem ousava pensar nessa hipótese. A catacumba desmoronou praticamente no mesmo segundo em que ele conseguiu se infiltrar no porão de pedra. Angelina não teria como... Ele deu um suspiro.

E com relação à joia que ele ainda carregava debaixo da sua camisa? De onde viera? Por que era idêntica àquela encontrada em Borgund. Poderia ser coincidência. Ou não? Foi Angelina quem lhe dera a joia? Ou ele que a encontrara no chão? Ou Angelina não passava de uma criação da sua fantasia?

"Quem é você, Angelina? O que foi feito de você?"

Capítulo II

EM CASA

Oslo

I

Robert e sua mãe partiram de Roma no dia seguinte ao acidente.

Ele não queria levar consigo a joia que recebera de Angelina. Sem sombra de dúvida. Robert sabia muito bem que algo tão antigo deveria ser entregue às autoridades. Ele aprendera isso nos museus do seu país. A verdade, porém, é que não teve tempo de pensar nessas regras. No hospital, a joia ficou o tempo inteiro pendurada no seu pescoço, sob o pijama. A mãe jamais reparou nela. Os enfermeiros não se incomodaram. Só quando a joia disparou o alarme do controle de passageiros no aeroporto de Roma, a mãe se deu conta de que ele estava com ela.

— O que você pensa que está fazendo com a joia de Borgund pendurada no pescoço? — ela perguntou. Furiosa. Fora de si.

— Mamãe! Não é a mesma joia. É apenas... idêntica.

— Onde você a achou?

— Na catacumba.

— Como assim? Você a encontrou na catacumba?

— Não sei!

— Como não sabe? O que você está dizendo? Você tem de saber onde a encontrou, oras!

— Ela estava pendurada no meu pescoço quando eu saí.

— Não, francamente...

— Explico mais tarde. Em casa. Agora não.

Como se ele tivesse alguma explicação.

II

Assim que passaram pela alfândega do aeroporto da Noruega, Robert e a mãe foram recepcionados por um batalhão de jornalistas e fotógrafos.

O garoto do milagre.

Repetidas vezes ele precisou contar todo o drama que passou na catacumba. Sobre o monge e Angelina, nem uma palavra.

Perguntaram se ele sentiu medo. Queriam saber por que tinha descido sozinho à catacumba. O que achava que tinha perdido lá? Como encontrou a saída?

Sim, como ele encontrou a saída, afinal?

Microfones e gravadores. Câmeras de TV e de fotografia. Canetas e blocos de anotações.

Perguntas, perguntas, perguntas.

Por fim, a mãe deu um basta naquilo e o arrastou por entre a multidão de repórteres.

O melhor amigo de Robert chamava-se Svein.

Eram amigos desde o jardim da infância. Quando ingressaram na escola, sentaram-se lado a lado na sala. Svein era completamente diferente de Robert. Raramente gostavam das mesmas coisas. Svein detestava futebol. Não lia livros. Nunca ouvia músicas. Svein jogava xadrez e colecionava insetos, que guardava dentro de caixas de plástico firme e transparente. Ainda assim os dois eram melhores amigos.

Svein foi o único que soube da história do monge e de Angelina. Quando Robert estava no hospital em Roma, eles conversaram pelo Skype. Robert lhe contou tudo que se passara na catacumba. *Tudo!* Svein foi o primeiro — e até então o único — a quem ele contou a história inteira.

— Onde ela está? Onde ela está? — cochichou Svein assim que Robert e sua mãe desceram do táxi. Svein girou o rosto para os lados e revirou os olhos, como se procurasse por alguém.

— Quem? — perguntou Robert.

— Angelina, claro! — continuou Svein.

— Angelina? — perguntou a mãe, intrigada.

— Esquece! — disse Robert. Sem a mãe perceber, ele levou o indicador aos lábios encarando Svein.

Ele não tinha contado nada à mãe. Ainda não. Nada sobre o monge. Nada sobre Angelina.

Assim que descarregaram a bagagem, Robert e Svein se mandaram para o campo de futebol. Vários garotos da sala estavam jogando e interromperam a partida aos gritos assim que viram Robert chegando. Eles correram para encontrá-lo. O primeiro a se aproximar foi Patrick.

Não que Robert não gostasse de Patrick. Quer dizer, na verdade não gostava. Para falar a verdade, não mesmo. Patrick e Robert tinham competido pelo posto de capitão do time havia muito tempo até que Robert foi escolhido pelo treinador. Patrick não perdeu uma única oportunidade de criticar o desempenho de Robert.

Agora estavam todos ali, em volta de Robert, para escutar o que ele tinha a dizer.

E Robert contou sobre Roma, sobre a catacumba. Não havia por que contar mais detalhes do que ele já tinha dito à mãe e à polícia de Roma. Mas a visão de Patrick ali do lado lhe fez esquecer disso. O encontro com o misterioso monge simplesmente escapou da sua boca.

Mas nenhuma palavra sobre Angelina.

De início, os amigos ficaram calados.

Calados até demais.

Por fim, porém, foi Patrick quem quebrou o silêncio.

— Um monge? No interior da catacumba? — pausa. — *Um monge?* Você quer dizer a alma de um monge?

Mal terminou de falar, a turma inteira caiu na gargalhada.

"Um fantasma? Buuuuuuu! Uma alma?! Hahahaha!"

Alguns inventaram apelidos. Outros imitaram um fantasma.

Robert não estava nada preparado para uma reação como aquela. Não daquele tipo. De certa maneira, ele compreendia por que estavam rindo. Ele mesmo cairia na gargalhada, se fosse um deles.

O único que não riu foi Svein.

— Vocês não estavam lá — disse ele assim que as risadas cessaram.

— E você, estava lá? — perguntou Patrick desdenhando.

— Não. Mas acredito no Robert. Se ele diz que havia um monge lá dentro, é porque havia.

A resposta — e a seriedade com que falou — serviram para acalmar os ânimos. Então, Robert pegou a bola de futebol das mãos de Patrick e correu para o campo. Os outros o seguiram sem fazer mais comentários.

III

— Grande garoto!

A curadora-chefe do Arquivo Histórico, Ingeborg Mykle, foi gentil e acolhedora, exatamente como fez na ocasião anterior em que Robert a encontrara, durante a abertura do relicário em Borgund, no verão — e demonstrou-se tão surpresa quanto. Na oficina de conservação do Museu de História, ao lado de Robert e sua mãe, ela examinava a joia que Robert trouxera consigo de Roma.

— Mas é absolutamente igual à joia em formato de triângulo de Borgund! — prosseguiu ela no mesmo tom de voz meio cantado.

— Sim, e essa é uma das razões pelas quais viemos deixá-la aqui — disse a mãe justificando-se. Ela gaguejou, afetando um certo nervosismo. — Isso mesmo. Pode ser muito bem que Robert tenha... A joia de Borgund... Ele...

— Mamãe!

— Joia de Borgund? — Ingeborg Mykle sorriu tranquila. — Não há razão para se preocupar. Esta aqui é uma cópia exata. Eu tenho controle absoluto sobre a joia de Borgund e posso garantir a vocês que ela jamais sumiu daqui.

Cantarolando baixinho, ela segurou uma lupa diante do rosto.

O QUE ROBERT APRENDEU SOBRE COLECIONAR ANTIGUIDADES

Como o próprio nome diz, uma antiguidade é um item extremamente antigo, uma relíquia — pode ser tudo desde esqueletos, inscrições rúnicas, textos eclesiásticos, joias e utensílios. O Arquivo Histórico da Noruega tem mais de duzentos anos de existência e acumula mais de um milhão de itens no seu acervo. Se você encontrar na Noruega algo que tem mais de quinhentos anos de idade, é a ele que é obrigado a comunicar o seu achado.

— Fantástico! Forjada da mesma maneira e pelo mesmo joalheiro que fez a joia de Borgund. Sem dúvida! Cópias idênticas.

— Que tipo de contato pode ter havido entre Borgund e Roma? — perguntou Robert.

— Entre Borgund e Roma? — repetiu Ingeborg, enfatizando o tom da pergunta. — Não, sobre isso não sei ao certo. Os *vikings* noruegueses seguramente estiveram várias vezes em Roma. Mas se algum deles era de Borgund é mera especulação. E como você foi deparar com essa joia dentro da catacumba?

— Bem, ela apareceu pendurada no meu pescoço quando eu saí da catacumba — titubeou Robert. Ele não estava exatamente mentindo — mas manteve as hipóteses sobre Angelina para si mesmo, por enquanto.

— Apareceu pendurada no seu pescoço, não é mesmo? — disse Ingeborg em voz baixa.

— Há várias questões sobre essas duas joias idênticas que me deixam confuso — comentou Robert. — A joia da catacumba é uma cópia da de Borgund? Ou é o contrário: a joia de Borgund é que é uma cópia da joia da catacumba?

— Sim, boa pergunta — concordou Ingeborg Mykle. — O trabalho manual indica que a joia foi provavelmente feita bem antes da era *viking*, e muito, muito distante daqui. De qualquer forma é muito estranho que uma joia de Roma tenha vindo parar aqui numa cova *viking* ao lado da igreja de madeira de Borgund na Noruega. A não ser por isso, jamais encontraríamos uma relação que ligasse diretamente Roma a Borgund.

— Muito misterioso — concordou a mãe de Robert. — Que relação poderia ser essa?

— Talvez os *vikings* tenham feito um escambo e recebido a joia numa relação comercial? — sugeriu Ingeborg.

— Ou ela pode ter sido produto de pilhagem. A sepultura que descobrimos é significativamente mais velha do que a igreja, então, os esqueletos na cova são provavelmente de um *viking*.

Imediatamente Robert lembrou-se das inscrições na parede da catacumba, que ele mesmo fotografara.

— Espere! — disse ele sacando seu telefone celular e explicando que havia feito as fotos na catacumba. Primeiramente lhes mostrou a foto da cruz copta; depois, o peixe com o texto embaixo:

— Que fascinante! — animou-se Ingeborg. — O texto — ela interrompeu o que dizia e franziu o cenho — parece ser em latim. Neste caso, vou precisar de ajuda para traduzi-lo.

Robert pediu seu número de celular e lhe enviou a foto.

— E esta aqui? — perguntou Robert e lhe mostrou a imagem do outro símbolo: o olho e a cruz.

A mãe e Ingeborg examinaram longamente a imagem.

— Não, um símbolo assim eu jamais tinha visto antes — murmurou Ingeborg. A mãe também abanou a cabeça.

— A cruz denota que é de alguma forma um símbolo cristão — observou a mãe.

Robert hesitou. Talvez fosse entregar demais o jogo, mas ele precisava perguntar:

— E o que seria um dente canino com uma cruz dentro?

Ingeborg e a mãe olharam curiosas para ele.

— Como é? — disse a mãe.

— Um canino. E uma cruz.

— Você tem a foto?

— Não. É só uma coisa que eu vi... — disse Robert.

— Uma coisa que você viu onde mesmo? — a mãe fixou o olhar nele.

— Um canino? E uma cruz? — admirou-se Ingeborg Mykle, desatando a rir em seguida. — Não, neste caso deve ser um símbolo nada cristão!

IV

Naquela noite, depois que Robert se recolheu, a mãe dele veio até seu quarto. Ele estava deitado lendo. Ela sentou-se ao seu lado, na cabeceira da cama.

— Amanhã vou chegar em casa um pouco mais tarde — avisou ela. — Preciso levar o celular para o conserto. O teclado não está funcionando.

— Ok.

A mãe olhou para ele.

— Como é que você está?

— Ótimo.

— Foi bom voltar para a escola hoje?

— Sim.

— Alguém da sua classe tinha lido sobre o acidente?

— Mamãe, tem fotos minhas nas primeiras páginas de absolutamente todos os jornais. Claro que eles leram sobre o acidente!

— Sim, é mesmo. Claro. Que estupidez minha perguntar — ela sorriu de um jeito esquisito. — E aí, quando é que você está pensando em me contar o que realmente aconteceu?

— Tudo que aconteceu? — respondeu Robert evasivamente.

— Sim, o que *exatamente* aconteceu, Robert. Quando é que você vai me contar?

Ele não respondeu.

— Não consigo entender nem como você escapou da catacumba nem como encontrou a joia em formato de triângulo. Compreendo que você ache difícil falar sobre isso, mas...

Seus olhares se cruzaram. Ela tinha aquele olhar vazio que sempre exibia quando estava prestes a se irritar.

— Por favor, Robert?

V

Na verdade, foi ótima a sensação de colocar os pingos nos "is". O medo, a poeira, o caos. As palavras jorravam da sua boca. A mãe não desgrudava os olhos dele.

Ele contou que havia se perdido. Falou das horas que permaneceu na catacumba e sobre o misterioso monge que o perseguiu. Finalmente mencionou Angelina, que salvou a sua vida.

— Quando as toneladas de pedra sobre a catacumba começaram a ceder — disse ele —, foi Angelina quem me resgatou. Ela me segurou pela mão e saiu correndo comigo pelos corredores labirínticos até chegar àquela desconhecida saída, que desembocava num antigo porão de pedra.

— Ah, Robert — sussurrou a mãe.

Seus olhos estavam lívidos. Ela o apertou nas bochechas, acariciou seus cabelos. As lágrimas rolaram.

— Ah, Robert, meu querido. Eu não sabia... Se eu pelo menos desconfiasse...

— Está tudo bem, mamãe.

— Vamos solucionar isso. Juntos.

— Solucionar?

— Não tenha medo, meu querido, vai ficar tudo bem.

— O quê? O que vai ficar bem?

Ela o olhou nos olhos. Deu um sorriso forçado.

— Meu menino! Ah, Robert! Vou encontrar alguém que possa ajudar você.

"*Alguém para me ajudar?*" O que ela quis dizer com isso? Ele precisava de ajuda? De que tipo?

A mãe lhe deu um abraço.

— Não tenha medo, Robert! Você vai ficar bom, completamente bom.

Os Cães do Senhor

MASTIM DE DEUS

Vescovo al Monte
Itália

As mãos de Lucio tremiam.

Pela primeira vez na vida, a ele foi permitido folhear as páginas do *Codex Domini*.

Em algum tempo remoto, ele não passava de um rolo de pergaminhos. Há cerca de mil anos, porém, as páginas foram destacadas e coladas como num livro.

Lucio estava na biblioteca do mosteiro acompanhado do monge bibliotecário, cuja missão de vida era estudar o livro e protegê-lo.

O tesouro secreto da ordem monástica.

O infante da Ultima Thule se chamava Robert. Ele tivera alta do hospital no dia seguinte ao desmoronamento da catacumba. Na manhã seguinte, Lucio tomaria o avião para a Noruega. Ele deveria encontrar o amuleto. E o trazer de volta ao mosteiro.

Custe o que custar.

— O livro do Senhor — disse o velho monge bibliotecário com sua voz enferrujada — contém não apenas todos os textos bíblicos mas também muitas histórias que jamais tiveram seu lugar na *Bíblia* da Igreja. Uma das profecias diz respeito ao amuleto chamado Estrela Sagrada. Na *Bíblia*, você não encontrará uma só palavra sobre a Estrela Sagrada. Talvez porque os homens da Igreja temessem o cumprimento da profecia. A Estrela Sagrada anuncia o Armagedon, o Dia do Juízo Final e o retorno de Jesus.

— Aleluia! — persignou-se Lucio.

De repente, notou que o cardeal estava atrás dele, escutando a conversa. Desde quando estava ali? Ele deu meia-volta, impôs as mãos no próprio peito e curvou-se.

— Não estou certo se sou digno desta missão sagrada, cardeal.

O cardeal sorriu amistosamente e descansou as mãos sobre os ombros de Lucio.

— Viaje para a Noruega. Encontre a joia. Você é o escolhido, Lucio. Você é o encarregado de empreender uma missão sagrada pela glória do seu Deus. Orgulhe-se, pois você é o mastim de Deus. Não poupe nenhum esforço. Nada!

Capítulo III

SUSSURROS NA NOITE

Oslo

I

— Agora me conte exatamente o que se passou, Robert.

A psicóloga observava Robert por sobre as lentes dos óculos. Seu olhar era cético. Seu tom de voz, desconfiado. Tudo nela recendia a desconfiança.

Ela se chamava Wenche, era uma senhora de meia-idade e vestia saia e casaco de lã.

— Você deve ter lido os jornais — disse Robert insolente. Ele estava irritado. Irritado com a mãe, que o havia arrastado até ali e estava sentada na sala de espera do outro lado da porta. Irritado por não terem acreditado nele.

— Claro que eu li os jornais. Mas quero que você me conte tudo que aconteceu. De A a Z. Com suas próprias palavras. Do jeito como você se lembra.

Resignadamente Robert começou o seu relato. Ele contou sobre Roma, sobre a promessa da mãe e sobre Umberto, que não permitiu que ajudasse nas escavações. Ele contou como conseguiu penetrar na catacumba assim mesmo, sobre as horas que passou no escuro, sobre o medo que sentiu e sobre o encontro com o monge. Ele contou sobre como escapou do monge e sobre Angelina, que o ajudou a encontrar uma saída antes que o túnel desabasse.

— Seu relato é muito vívido — disse a psicóloga quando Robert terminou. — É assim que você se recorda. É assim que as coisas são para você.

— Porque foi assim que aconteceram.

Novamente o rosto da psicóloga assumiu um tom cético. Como se ela estivesse pensando uma coisa e dizendo outra.

— Compreendo que você se decepcionou por não ter ajudado as pessoas no trabalho na catacumba. Foi por isso que você roubou as chaves?

— Sim! Não! Claro que foi para encontrar o símbolo. Precisava fazer uma foto dele.

— O símbolo?

— Uma cruz copta.

— Você precisava fazer uma foto de uma cruz copta?

— Sim. Eu descobri um símbolo gravado na parede da primeira vez que desci lá. Mamãe e Umberto não acreditaram em mim. Então eu quis tirar uma foto para provar que eu tinha razão. Você não precisa dizer nada. Sei que foi burrice minha.

— Todos nós fazemos nossas burrices com bastante frequência. Mas você mencionou algo sobre um monge. Pode me contar algo mais sobre ele?

— Ele usava um hábito todo preto, com uma espécie de gorro sobre a cabeça. Então não era fácil ver seu rosto.

— E essa... essa tal de Angelina? Como é que ela era?

— Alta, cabelos escuros. Olhos castanhos. Uma espécie de vestido, ou bata, ou sei lá como se chama. Branco.

Seus olhares se cruzaram.

— Se eu tivesse que descrevê-la, não iria parecer que era de verdade.

— Claro que não.

— Estou curado agora? — perguntou Robert num tom áspero.

— Você sabe que sua mãe está aflita por sua causa.

— Ela acha que eu fiquei louco?

— Não, ela não acha. Longe disso. A sua mãe teme que a sua experiência no interior da catacumba pode ter lhe causado tanto medo que você construiu uma nova realidade. Na sua imaginação.

— Não é possível isso.

— Claro que é. Quando a realidade torna-se difícil demais de encarar, muitas pessoas criam para si mesmas uma realidade inteiramente nova. Uma realidade que só existe na imaginação delas.

— Eu *sei* o que aconteceu!

— Você *acha* que sabe o que aconteceu. Bem, você está *convencido* de que sabe o que aconteceu. Mas tente compreender o seguinte, Robert... Imagine que você jamais viu o monge. Imagine que jamais encontrou Angelina. Imagine que o monge foi criado a partir do medo que você sentia, como uma fantasia, e Angelina foi criada a partir da sua própria necessidade de segurança.

— Então todo mundo acha que eu estou mentindo?

— Não. Ninguém acha que você está mentindo. Mas acho que essa experiência o aterrorizou de tal forma que a sua imaginação inventou essas figuras, tanto o monge como essa garota que você chama de Angelina. Quando imaginamos alguma coisa, não significa necessariamente que seja verdade.

— O que você quer dizer?

— Quando passamos por situações dramáticas, a mente e o corpo disparam um sinal de alerta. O coração pulsa mais forte, a respiração fica mais rápida. A adrenalina é injetada pelo corpo inteiro. É quando podemos interpretar o mundo de forma equivocada. Podemos ter alucinações. Ver e ouvir coisas que não estão ali.

— Eu...

— Espere! Não responda. Primeiro quero que você reflita um pouco sobre o que eu acabei de dizer. Apenas reflita...

Ele refletiu.

De certa forma, parecia razoável o que a psicóloga dissera. Ele mesmo havia pensado a mesma coisa. A despeito de tudo, parecia sensato ter encontrado um monge e uma garota no interior da catacumba?

Não parecia *tão* razoável assim.

Mas ele sabia muito bem o que tinha vivenciado. *Sabia!*

Ou será que não sabia?

Robert deu um longo suspiro. Seus pensamentos embaralharam.

"Será que eu inventei isso tudo, porque estava morrendo de medo?"

— Tem mais uma coisa que eu estou aqui imaginando... — continuou Wenche.

— Sim?

— Você me disse que falou com Angelina?

— Sim?

— Em que língua vocês conversaram?

O tempo parou.

Uma sensação de congelamento tomou conta do seu corpo.

"Qual língua?"

— Robert?

— Sim?

— Eu perguntei: em que língua você e Angelina conversaram?

Ele a fitou longamente. Um olhar inquiridor. Com a boca entreaberta.

— Língua? — balbuciou ele.

— Angelina não devia ser norueguesa. E você não fala italiano. Como vocês dois conversaram? Em inglês?

"Como não tinha pensado nisso antes? Por que não percebi o que havia de errado? Como poderia conversar com alguém que não falava a mesma língua que eu falo?"

— Robert? Está tudo bem? Robert?

"Nós não poderíamos jamais conversar. Não falamos a mesma língua!"

— Robert? Você está me ouvindo?

Eles não falaram nem norueguês nem italiano dentro da catacumba. Agora ele percebia isso. "Nós não falamos língua nenhuma. As palavras não eram palavras. Eram pensamentos." Eles conversaram por meio de pensamentos...

II

Robert e sua mãe não trocaram uma palavra no caminho de volta para casa. Robert estava triste e zangado. A mãe estava exausta.

Depois da conversa, a psicóloga pediu que a mãe entrasse no consultório. Robert tinha uma boa noção da realidade, ela atestara. Significava pelo menos que ele não estava louco. Se esses pensamentos fugissem ao controle, disse a psicóloga, eles precisariam ter uma nova conversa. Quantas vezes fosse preciso. Talvez eles devessem cogitar uma consulta com um psiquiatra, sim. Na pior das hipóteses, ele teria de ser internado para fazer exames mais detalhados e iniciar um tratamento.

"Internado?" Robert deu um puxão no cinto de segurança. Claro que isso significava ter de ir ao hospital. Mas nem sequer cogitava! De jeito nenhum!

Ele preferiu, então, manter-se em silêncio total. O fato de ele e Angelina terem se comunicado por meio de uma espécie de transmissão de pensamento permaneceria um segredo só seu. Como é que isso se chamava mesmo? Telepatia? Quando o diálogo se dá apenas com pensamentos, não palavras.

Dobraram a última curva antes de chegar em casa. "Preciso me inteirar melhor sobre esse assunto", pensou Robert.

O celular da mãe de Robert tocou quando subiam no elevador para o apartamento. Um toque novo, estranho. Ela pegara emprestado outro aparelho enquanto o seu estava no conserto. Ele sabia que era o papai. Depois do divórcio, ele se mudara para a Somália, onde trabalhava numa entidade assistencial. A mãe atendeu disfarçando a conversa — para que Robert não desconfiasse que era sobre ele que falavam. Continuou falando com o papai depois que entraram no apartamento e fecharam a porta. A mãe foi para a cozinha. Robert se trancou no quarto. Pela parede, conseguiu ouvir a voz abafada e preocupada da mãe.

— Angelina? — sussurrou ele.

Ele pronunciou o nome bem baixinho, para que sua mãe não o escutasse e surtasse completamente.

Mais alto:

— Angelina?

Se ela apareceu na catacumba, poderia muito bem, se quisesse, aparecer para ele ali.

— Angelina — sussurrou ele um pouco mais alto.

Silêncio.

— Você não poderia só me dar uma pista de que você existe mesmo?

Lá dentro, na sala de estar, a mãe ligou a televisão.

— Angelina?

Nada.

Nada vezes nada.

Capítulo IV

O DESCONHECIDO

Oslo

I

— Eles não acreditam em mim — disse Robert.

— Eles quem? — perguntou Svein.

— Ninguém acredita.

— Eu acredito em você.

Eles estavam num canto do pátio da escola. Chovia. Mais ao longe, alguns garotos jogavam futebol. Outros apenas se aglomeravam em círculos e conversavam. Umas garotas caíam na gargalhada e olhavam para Robert.

— Você acredita? — devolveu Robert.

— Claro.

— Por quê?

— Porque você é meu amigo.

— Mesmo assim...

— E porque... — hesitou Svein.

— Sim?

— Eu já vi algo parecido também.

— Viu o quê?

Svein respirou fundo e continuou:

— Você se lembra de quando eu lhe contei sobre aquela antiga chácara da minha avó? Aquela em Juvdal.

— E daí?

— No verão, depois que minha avó morreu, nós passamos as férias lá. Mamãe e papai queriam fazer uma faxina na casa.

Svein ficou cabisbaixo.

— E o que você viu? — perguntou Robert.

— Foi a primeira noite. Na verdade, já era quase de manhãzinha, mas o sol ainda não tinha nascido. Eu acordei...

— E?

— E aí...

— Sim.

— Eu vi a vovó.

Silêncio.

— Ela estava lá, bem no meio do quarto, olhando para mim.

— Olhando para você?

— Sim, sorrindo daquele jeito. O sorriso da vovó.

— Mas ela tinha morrido?

— Mas foi exatamente como se estivesse viva. Não fiquei com medo. Sabia que ela não iria me fazer mal nenhum. Foi como se tivesse passado ali para saber se estava tudo bem. Entende o que eu estou dizendo?

— Acho que sim.

— Não demorou muito.

— Você pode muito bem ter sonhado.

— Sim, eu sei. Mas não foi sonho. Eu sei que não foi. Eu estava acordado. E eu vi a vovó.

— Você contou isso a alguém?

— Nunca. Você é o primeiro a ouvir essa história.

Robert engoliu em seco, dando-se conta do que aquilo representava. Tocou o sino da aula.

Lentamente eles foram caminhando pelo corredor.

— Tem visto algum fantasma por aí, Robert? — gritou Patrick assim que entraram na sala.

A turma veio abaixo.

Svein teria ensaio do coral, então Robert voltou da escola para casa sozinho.

Assim que contornou o pátio, passou por um carro preto com vidros fumês. "São estranhos os vidros fumês", pensou ele. "Nunca se sabe quem está dentro do carro. Podia estar cheio de pessoas que estivessem vigiando meus passos com binóculos, por exemplo."

Ele riu. Agora não estava sendo razoável. Por que alguém iria vigiá-lo com binóculos?

"Robert, pare com isso!"

Primeiro os fantasmas. Agora a impressão de estar sendo seguido. O que virá depois?

II

Seu telefone bipou quando ele estava sentado fazendo a lição. Mensagem de texto de Ingeborg Mykle:

Oi, Robert. Aqui está a tradução que fizemos do texto em latim que estava embaixo do peixe na catacumba. Diz ele: "A virgem dividiu a Estrela Sagrada em duas. Eu sou a guardiã da joia. Jesus Cristo é o meu Senhor. Amém". Hummm. Não sei se faz tanto sentido. Mas é instigante, não? :) Beijos, Ingeborg.

Robert leu e releu a mensagem várias vezes.
"Em breve, estarei aí novamente", respondeu ele por SMS, "e, então, poderemos falar mais sobre isso".
As perguntas martelavam sua cabeça.
"Estrela Sagrada? O que significava isso?"
"Virgem? Que virgem?"
"Guardiã da joia? Quem era ela?"
"O que seria uma Estrela Sagrada, e como uma estrela poderia ser dividida por uma virgem?"
Robert ligou o computador e pesquisou no Google, mas não conseguiu achar nada relevante. Segundo um dicionário de religiões *on-line* em inglês, *The Holy Star* era uma joia com poderes religiosos ou mágicos. O nome vinha de uma lenda romana, baseada numa profecia antiga, de uma época pré-cristã.
A Estrela Sagrada, dizia a profecia, iria ou desencadear o Juízo Final ou salvar a Terra da destruição. Os religiosos divergiam sobre qual interpretação da profecia seria mais correta.

O QUE ROBERT APRENDEU SOBRE MITOS, LENDAS E PROFECIAS

Um mito é uma narrativa simbólica sobre a vida dos deuses e o destino. Uma lenda ou legenda é uma narrativa mítica sobre acontecimentos religiosos, como milagres, e especialmente sobre a vida de homens e mulheres santos. A maioria das lendas e mitos foi primeiramente repassada de boca a boca até finalmente ser registrada por escrito. Uma profecia é uma adivinhação ou previsão. Uma profecia de cunho religioso é uma comunicação transmitida por um profeta. Um profeta é alguém que afirma que pode conversar com (ou receber mensagens de) Deus.

III

Meia hora depois, Robert estava no escritório de Ingeborg Mykle.

— O texto do peixe deve ter sido gravado na parede por um cristão — deduziu Robert.

— Ah, não restam dúvidas! O símbolo do peixe e principalmente o conteúdo do texto comprovam que um cristão o deixou gravado na parede como um recado para a eternidade. Provavelmente é alguma espécie de código.

— Por que isso?

— Os primeiros cristãos se estabeleceram em Roma por volta do ano 50. Mas não foi uma vida fácil. Quando Roma pegou fogo, no ano 64, o enlouquecido imperador Nero os responsabilizou pelo incêndio. Ele determinou que os cristãos fossem atirados aos cães, crucificados ou queimados vivos. Muitos foram levados ao Coliseu, onde os gladiadores os mataram. Milhares morreram como mártires. Uma época terrível. Se tivessem de trocar mensagens importantes ou secretas, precisavam recorrer a códigos.

O QUE ROBERT APRENDEU SOBRE MÁRTIRES, COLISEU E GLADIADORES

Um mártir é alguém que morre em nome de sua fé ou de seu Deus. Na Roma Antiga, os mártires eram cristãos assassinados por cultuar Jesus, e não os deuses romanos. Muitos cristãos foram levados ao Coliseu, onde eram mortos por feras selvagens e gladiadores. O Coliseu é a mais famosa arena de gladiadores, capaz de abrigar mais de 50 mil pessoas. Um gladiador era um guerreiro profissional que lutava contra outros gladiadores e combatia cristãos, bandidos e animais selvagens. Os combates costumavam durar até que um dos contendores estivesse morto. As lutas de gladiadores foram introduzidas por volta do ano 250 a.C. e se estenderam por quase 700 anos.

— A Estrela Sagrada. O que é isso? Você sabe alguma coisa a respeito?

— Apenas superficialmente. Claro que não se trata de uma estrela de verdade, mas uma lenda.

— E a guardiã da joia? O que você acha que ela é? Uma pessoa?

— Não faço a menor ideia — Ingeborg abanava a cabeça.

— Só mais uma coisinha — disse Robert. — Ainda não consigo entender a relação entre a joia na catacumba e a joia de Borgund. Duas joias idênticas em dois locais tão diferentes?

Ingeborg deu de ombros, igualmente em dúvida.

— Os *vikings* que se aventuraram até a Itália — continuou Robert —, quem eles eram exatamente?

— Noruegueses, suecos, dinamarqueses, islandeses... E eles saquearam todos os lugares por onde passavam. Desde o Mar Cáspio no leste, ao Mediterrâneo no sul e até a América no oeste. Talvez a joia tenha sido roubada pelos *vikings* no Mediterrâneo — Ingeborg interrompeu a fala como se tentasse se lembrar de algo. Em seguida começou a rir. — Certa vez, de fato, eles atacaram uma cidade que pensavam se tratar de Roma. Mas ela se chamava Luna e ficava muito mais ao norte.

Ao partir, Robert pegou emprestado um livro sobre símbolos. No bonde para casa, ele procurou um olho com uma cruz dentro, igual àquele cuja foto tirara na catacumba. No entanto, não encontrou nada parecido com aquilo.

IV

Depois que sua mãe se recolheu e fechou a porta do quarto naquela noite, Robert ficou esperando até ter certeza de que ela tinha adormecido. Passados mais alguns minutos, ele foi, pé ante pé, à sala de estar e pegou um volumoso livro da mãe intitulado *Parapsicologia – Fenômenos extrassensoriais, mistérios e ocultismo*. Ele não queria que ela soubesse que ele estava tentando pesquisar algo sobrenatural. Ela iria mandá-lo de volta ao psicólogo imediatamente. Talvez aquele livro explicasse o que tinha se passado na catacumba.

Com o livro debaixo do braço, Robert se esgueirou silenciosamente de volta para a cama, quando, de repente, a mãe surgiu saindo do quarto e o flagrou.

— Esqueci de tirar as lentes de contato — balbuciou ela com uma voz de sono.

Robert não moveu um músculo.

— Você vai ler agora? — perguntou a mãe. Felizmente, sem reparar no livro que ele levava debaixo do braço.

— Só um pouquinho.

— Lembre-se de que tem escola amanhã cedo — disse a mãe bocejando.

Robert correu para o quarto, trancou a porta e sentou-se na cama. O autor do livro chamava-se Georg Wedel Schjelderup Jr. e viajara o mundo inteiro para estudar fenômenos sobrenaturais, segundo afirmava o texto na contracapa.

Robert ficou sentado lendo acerca de transmissão de pensamento de cérebro para cérebro, clarividência e capacidade de ver o passado e o futuro, bem como sobre enxergar coisas invisíveis a outras pessoas. Ele leu a respeito de fantasmas e artes divinatórias, de pessoas que podiam fazer com que coisas se movessem sozinhas e de reencarnação, que significa a capacidade de nascer de novo após a morte. Cada fenômeno mais estranho que o outro.

De repente, ocorreu-lhe uma ideia: e se ele recorresse a esse tal de Georg Wedel Schjelderup Jr.? Talvez ele pudesse ajudá-lo. Ele abriu o *laptop* e escreveu o nome no Google. Um dos primeiros resultados foi uma entrevista que ele dera a um jornal local.

"Perfeito", pensou Robert. "Ele mora a poucas quadras de distância daqui."

V

No dia seguinte, assim que teve um intervalo na escola, Robert telefonou para Georg Wedel Schjelderup Jr.

Ele se apresentou com uma voz esganiçada. Titubeante, Robert disse seu nome, mas não sabia ainda como dizer qual era o motivo da ligação. O velho homem não se fez de rogado: havia lido sobre a aventura de Robert nos jornais, ele contou, e o receberia de muito bom grado no seu apartamento naquela tarde se Robert quisesse trocar uns dedos de prosa.

Fascinado, Robert foi à biblioteca. Ele pediu ajuda para encontrar os livros que tratavam de *vikings* e símbolos. Perguntou ao bibliotecário se havia livros sobre as pilhagens dos *vikings* em outros países, como a Itália. Inicialmente, ele se concentrou nos vestígios deixados pelos *vikings*, deixando para ler mais sobre parapsicologia depois da conversa com Georg Wedel Schjelderup Jr. Primeiro Robert precisou pesquisar sobre aquilo que Ingeborg dissera sobre os *vikings* na Itália. "De fato era grande a distância de Roma até Luna e da Itália à Noruega", pensou Robert. "Mas, mesmo assim, será que poderia existir alguma ligação entre os dois países?"

O bibliotecário retornou com uma pilha de livros. Robert sentou-se num canto tranquilo da biblioteca. O primeiro livro que abriu intitulava-se *Os vikings na guerra*. Página após página, ele tentou achar uma ligação entre Roma, Luna e Borgund. De repente, deu com os olhos num trecho do livro que fez seu coração disparar: no ano 860, um exército de *vikings* sob o comando do rei Bjørn Jernside ("Lado de Ferro") e do chefe Hallstein atacou uma cidade chamada Luna. Exatamente como Ingeborg dissera. Em Luna, eles saquearam um mosteiro dos Domini Canes e uma igreja. Os *vikings* levaram consigo valiosos tesouros para a Noruega, Suécia e Dinamarca.

"A joia triangular de Borgund tinha de ser proveniente do saque à cidade de Luna", imaginou Robert apreensivo.

Mas não havia nada indicando que haveria *duas* joias.

O QUE ROBERT APRENDEU SOBRE O ATAQUE A LUNA

O exército *viking* do rei Bjørn e do chefe Hallstein firmou curso para a cidade italiana de Luna, que imaginavam tratar-se de Roma. Eles estavam decididos a atacar a cidade e roubar todas as suas riquezas, mas os obstáculos eram enormes. Por isso, enviaram ao bispo uma mensagem anunciando que vinham em paz. Seu rei estava muito doente, afirmaram eles, e desejava se converter ao cristianismo antes de morrer. O bispo e conde de Luna consentiu e o rei Bjørn foi batizado. Na manhã seguinte, o bispo e conde de Luna foi informado de que o rei estava morto. Uma enorme procissão fúnebre acompanhou o caixão pelas ruas de Luna. Quando deveria ser baixado à sepultura, porém, o rei saltou para fora do caixão. Vivo e combativo. Era a senha para os *vikings* atacarem. Ensandecidos, eles massacraram os habitantes de Luna e roubaram todas as riquezas que possuíam. (Alguns historiadores creem que esse relato é fictício.)

Capítulo V

O ANTIGO

Oslo

I

DING-dang-dong-ding-DANG-dong-ding-dang-DONG!

Robert tocou a campainha e achou que tinha acionado o badalo do relógio de uma catedral. Na porta, uma placa de identificação dizia:

Que nome! Robert deu um passo atrás e perfilou-se à espera do que quer que viria a aparecer atrás daquela porta.

Ele não teria motivos para se decepcionar.

Georg Wedel Schjelderup Jr. lembrava, numa versão um pouco maior, um misto de gnomo de jardim, um *hobbit* e o personagem Yoda, do filme *Guerra nas estrelas*. Aparentava ter por volta de 257 anos. O corpo magro ele apoiava numa bengala. Enquanto acompanhava Robert à sala de estar, explicou que Jr., no final do nome, era a abreviatura de "júnior", que significava "o mais jovem". Robert não teve como deixar de notar que "o mais jovem" era um atributo que não lhe cabia bem já havia muito tempo.

Era o apartamento mais estranho em que Robert já estivera. A disposição dos aposentos era idêntica a dos demais apartamentos de prédios semelhantes — entrada, cozinha, quarto de dormir, banheiro e sala de estar —, mas a semelhança parava por aí. As paredes estavam apinhadas de livros, troféus de caça, máscaras africanas, mapas amarelados e carrancas sul-americanas. No chão, lado a lado, espraiavam-se tapetes de lã e de couro de animais. Numa esquina, havia um enorme globo, um tambor e uma luneta.

Calçando pantufas, Georg Wedel Schjelderup Jr. arrastou os pés até a cozinha e apanhou uma enorme garrafa térmica com chocolate quente. Robert sentara-se num sofá macio. Georg Wedel Schjelderup Jr. serviu o chocolate quente para ambos. Em seguida, virou-se para Robert e disse:

— Então quer dizer que você se interessa por parapsicologia?

— Estou apenas tentando descobrir algumas coisinhas — respondeu ele dissimuladamente.

Georg Wedel Schjelderup Jr. olhou para ele e sacudiu a cabeça.

— Oh, mas não são apenas umas coisinhas...

"Será que ele consegue ler meus pensamentos?", pensou Robert.

Como se fosse exatamente o caso, o velhinho continuou:

— Como eu disse, li sobre você nos jornais. E o vi na TV. Na catacumba em Roma. Você viu alguma coisa lá dentro, não foi?

Robert não respondeu. Como é que ele poderia saber?

— Os dicionários definem a parapsicologia como um estudo científico de fenômenos extrassensoriais, que não podem ser explicados pela ciência atual, sobre a vida dos espíritos — disse Georg Wedel Schjelderup Jr. — Acredito também que você viu alguma coisa na catacumba, Robert. Estou certo? Por isso, o seu súbito interesse por parapsicologia. Você viu algo que não consegue explicar direito.

Robert não fazia ideia do que dizer. Ele assentiu com a cabeça e deu um gole no chocolate quente.

— Você gostaria de me contar o que viu? — perguntou Georg Wedel Schjelderup Jr.

Robert estava começando a se enfastiar de tanto ter que contar aquela história. Sobre as horas na catacumba. Sobre o monge e Angelina. Não obstante, permaneceu sentado à espera de alguma palavra que pudesse esclarecer a impossível situação pela qual tinha passado. O tempo inteiro, Georg Wedel Schjelderup Jr. ficou de boca fechada, apenas meneando a cabeça.

Numa folha, Robert desenhou o símbolo que vira no anel do monge na catacumba:

— O senhor já tinha visto isso antes? — perguntou ele.

Georg Wedel Schjelderup Jr. fitou longamente o desenho.

— Há algo familiar aqui — prosseguiu ele. — Mas agora não consigo saber o que exatamente. Deixe-me pesquisar um pouco nos meus livros depois que você for embora.

Robert pegou o celular e lhe mostrou a foto do olho com a cruz dentro. Georg Wedel Schjelderup Jr. examinou-a demoradamente, mas, ao final, abanou a cabeça.

— O senhor já ouviu falar da lenda da Estrela Sagrada? — indagou Robert. — Ou de alguém chamado "guardiã da joia"?

— Ah, sim — balbuciou Georg Wedel Schjelderup Jr. — Mas onde mesmo? Deve estar em algum lugar aqui na minha mente. Em instantes vou conseguir me lembrar.

Ambos deram mais um gole no chocolate quente. Seguiu-se um silêncio prolongado e finalmente o ancião disse alguma coisa:

— Tudo isso tem a ver com o tempo.

— Tempo? — perguntou Robert.

— Sou um homem idoso, Robert. Já vivi muito. Dei a volta ao mundo muitas vezes. Já dormi em cabanas de palha e iglus, já remei por rios desconhecidos e escalei as montanhas mais altas. Já vi coisas que você jamais compreenderia. E, ao longo desses anos, em todas essas viagens, aprendi um pouco. Se há alguma coisa boa que a velhice traz, essa coisa é o conhecimento.

— Do tempo?

— Sim. Tudo diz respeito ao tempo e ao que o tempo *é*.

— E o que é o tempo, então?

Georg Wedel Schjelderup Jr. irrompeu numa risada.

— Sim, mas quem é que poderia responder a isso? O tempo pode ser medido. Podemos dividi-lo em períodos: segundos, minutos, horas, dias, semanas, anos... O tempo pode ser um determinado ponto da história em que algo aconteceu. E pode ser também o que transcorreu entre dois acontecimentos. Mas isso não explica o que o tempo *realmente* é. Eu tenho observado que muitos fenômenos chamados sobrenaturais estão relacionados exatamente ao *tempo*.

— Como assim?

— Deixe-me lhe dar um exemplo. Você sabe o que é um *vardøger*?

— Não...

— No folclore escandinavo, um *vardøger*, também conhecido como *fylgje*, é um espírito que precede algo que está para ocorrer. Um aviso do que está por vir. Por exemplo, você está em casa e acha que viu ou escutou alguém chegando, mas esse alguém só vai chegar de fato alguns minutos depois.

— Já passei por isso. Certo dia, estava na casa da vovó e a ouvi entrar pela porta e descalçar as botas no *hall*, como ela sempre costumava fazer. Mas, quando fui ao corredor lhe dizer oi, ela não estava lá. Então, logo depois, escutei tudo de novo. E desta vez era ela mesmo.

— Exato! Um *vardøger* típico! O folclore fala de um espírito ambulante que vai à frente da pessoa a quem está conectado. Uma espécie de dupla espiritual que está sempre à frente no tempo. Minha teoria é que um *vardøger* sempre surge quando há uma curva no tempo. Quando vemos ou ouvimos um *vardøger*, na verdade, estamos vivenciando o futuro.

— É isso mesmo?

— Estamos de volta à pergunta: *O que é o tempo?* Pois o tempo, assim como o percebemos, se estende numa linha reta. Primeiro acontece *isso*, depois *aquilo*, depois aquilo *outro*. Primeiro A, depois B, depois C. Entre esses três pontos, o tempo corre. Você está me entendendo? — Georg Wedel Schjelderup Jr. abriu um sorriso para si mesmo. — Acompanhe-me num exercício de pensamento. Vamos imaginar que o tempo nem sempre vai de A para B e para C. Suponha que a linha do tempo algumas vezes possa enrolar, dar uma volta em si mesma. De tal forma que B venha antes de A e C venha antes de B. Parece impossível, certo?

Robert aquiesceu.

— Você conhece o conceito das dimensões, não? — prosseguiu o velhinho, entusiasticamente. — Um desenho em uma folha em branco só possui duas dimensões. Um aposento, como esta minha sala, possui três dimensões: altura, largura e profundidade. Albert Einstein, o homem por trás da Teoria da Relatividade, introduziu uma quarta dimensão: o tempo. Até onde sabemos, porém, é possível haver inúmeras dimensões além dessas quatro. E isso significa que o tempo não é necessariamente absoluto e linear como julgamos. O espaço sideral é um bom exemplo. Segundo os físicos, o Universo é encurvado. Ele se dobra. Imagine o Universo como o interior de uma enorme bola. Se você viajar longe o bastante numa mesma direção, em linha reta, voltará ao mesmo lugar de onde partiu.

— E o que há no exterior dessa bola?

— Nada! O Universo só existe entre as paredes dessa bola. As leis da natureza, por exemplo, a gravidade, que mantém o Universo coeso, só existem no interior da bola. O exterior da bola simplesmente não existe. O interior *é* tudo. *Nada existe* no exterior.

— Uh...

— É um pouco difícil imaginar que o tempo se dobra e dá uma volta em si mesmo. Mas e se for assim? Neste caso, um *vardøger* pode surgir a todo instante. Como quando pressionamos a tecla de *fast-forward* num DVD-player.

— Acho que estou entendendo.

— Já ouviu falar de *déjà-vu*?

— Não.

— *Déjà-vu* é aquela sensação que às vezes temos de ter experimentado alguma coisa antes, ainda que estejamos experimentando aquela coisa pela primeiríssima vez.

— Foi assim que eu me senti quando entrei na catacumba! Parecia que eu já tinha estado lá — revelou Robert.

— *Déjà-vu* é uma expressão francesa que quer dizer "já visto" — explicou Georg Wedel Schjelderup Jr. — É um tanto assustador, eu diria. Você entra num lugar e lá dentro acha que já esteve ali. Embora saiba que está ali pela primeira vez. Uma experiência parapsicológica bastante comum, por sinal.

— E a culpa é do *tempo*?

— É a minha teoria. Os pesquisadores têm explicações diferentes. Alguns dizem que o cérebro interpreta errado o que dizem os sentidos e *induz você* a achar que já vivenciou aquilo antes. Como se fosse um sonho de olhos abertos. Uma fantasia que se intromete na realidade. Pelo menos, é assim que você percebe. E que tal se pudéssemos espiar o futuro? Talvez um futuro que está a alguns segundos à nossa frente. E assim experimentássemos algo que está bem ali na esquina. Talvez existam buracos no tempo...

— Buracos?

— ... ou túneis, canos, rachaduras, frestas.

— Acho muito complicado entender isso.

— Também acho. Mesmo depois de todos esses anos ruminando essas ideias, é complicado entender.

— E como toda essa questão do tempo pode explicar a aparição de fantasmas?

— Depende do que se quer dizer com fantasmas. Um espírito que sai por aí afora para assombrá-lo, desses com lençóis e correntes, é uma coisa. Não acredito que existam. Mas os verdadeiros fantasmas não estão aí para nos assustar. Eles são o que chamamos de *aparições*, coisas que se tornam visíveis. E aí me ponho a imaginar: talvez os enxerguemos através de véus que cobrem o tempo. De um modo que o tempo deles e o nosso tempo se sobreponham, e nós possamos vê-los, mas eles não possam nos ver.

— Como assim?

— Quando uma pessoa morre, seu espírito sobrevive. Não o seu organismo, não o seu corpo físico, mas a sua alma, o seu eu mais íntimo. E essa alma é invisível. Vamos supor que os mortos — os fantasmas — se mostrem para nós como uma lembrança de si mesmos. Nesse caso, um fantasma nada mais seria do que uma fotografia atemporal que os mortos desejam que vejamos. Nos fazendo lembrar exatamente de como eram. E eles se encontram num local exterior ao tempo, são independentes do tempo. Ao contrário de nós, os vivos.

— Hum.

— Os mortos não possuem mais um corpo físico. Eles apenas são. Costumo pensar nos fantasmas como energia. Tudo é energia, Robert. Tudo no Universo inteiro. E, segundo as leis da natureza, a energia não pode surgir de si mesma nem desaparecer. A energia pode somente se transformar em outra coisa. A quantidade de energia em todo o Universo é constante. É assim que imagino o que ocorre conosco quando morremos. Nós continuamos sendo energia. Assumindo outra forma. Independentemente do tempo.

— Mas...

— E agora vou chegar lá!

— Onde?

— Você me perguntou sobre a Estrela Sagrada e uma guardiã da joia...

Georg Wedel Schjelderup Jr. foi se apoiando até a estante, de onde voltou com um espesso tratado de história. Página após página, ele folheou, murmurando:

— Eles são parte integrante da mesma lenda, não são? Uma história fascinante, essa... Ah! — bradou ele ao final, repassando o livro às mãos de Robert.

A lenda da Estrela Sagrada

A lenda da Estrela Sagrada é uma história sobre uma joia com atributos mágicos ou religiosos. A lenda de origem romana é baseada numa profecia judaica. Segundo uma interpretação, a Estrela Sagrada é o instrumento necessário para evitar a destruição da Terra. Outros creem que a Estrela seja capaz de desencadear o Juízo Final.

Tanto a profecia como a lenda são interpretadas de maneiras distintas. Os judeus acreditavam que no futuro o Messias portaria a joia pendurada no pescoço para assinalar o seu **status** *sagrado. Outros acreditavam que o amuleto poderia salvar o mundo da destruição. Essa interpretação baseia-se num trecho da profecia que afirma: "Quando a joia estiver em poder de um infante da Ultima Thule, a Estrela novamente será uma e salvará o mundo da perdição. Certos cristãos preferem interpretar isso de outra forma, acreditando que na verdade a Estrela Sagrada seria o arauto do Juízo Final e da ressurreição de Jesus.*

A profecia diz que uma estrela sagrada irá luzir no firmamento anunciando a grandeza de Deus. Pois, assim como Deus criou a Terra, Ele pode destruí-la. "A Estrela Sagrada", diz a profecia, "dessa forma poderia tanto destruir como redimir o planeta".

Não se sabe se a Estrela Sagrada seria composta de uma ou duas joias. Segundo a profecia, "chegará o dia em que a Estrela Sagrada será duas para depois se tornar uma". Ninguém pode afirmar o que isso significa. Alguns acham provável que Jesus entregou a joia à sua mãe pouco antes de ser crucificado.

"Sua mãe", pensou Robert. "Quem era a mãe de Jesus? Claro, a Virgem Maria." Isso explicava o termo "virgem" gravado na parede da catacumba, que Ingeborg Mykle traduzira para ele. "A virgem dividiu a Estrela Sagrada em duas". Claro, agora fazia sentido. "Eu sou a guardiã da joia. Jesus Cristo é o meu senhor."

"Isso deveria significar que a Virgem Maria é a guardiã da joia", pensou Robert.

Ele leu mais adiante que, segundo a lenda, a Estrela Sagrada foi levada a Roma por São Pedro.

— Quem foi São Pedro? — perguntou Robert.

— Um dos discípulos de Jesus — respondeu Georg Wedel Schjelderup Jr. — Ele também foi o primeiro papa da Igreja.

Robert continuou a leitura. Segundo a antiga profecia, a Estrela Sagrada seria protegida por uma das seguidoras espirituais da Virgem Maria, uma virgem imaculada que vivia na fé, na piedade e na castidade.

O texto prosseguia:

Na profecia, lê-se que "a Estrela Sagrada cruzará o céu e golpeará o chão destruindo até os reinos mais longínquos da Terra". Diz que a Estrela Sagrada salvará a Terra da perdição — a destruição do planeta — quando o infante da Ultima Thule 'unificar a Estrela' e a entregar a uma intocada pura e imaculada guardiã da joia, da casa de Eva".

— O que significa infante? — perguntou Robert.

— Significa jovem, garoto — explicou Georg Wedel Schjelderup Jr.

— E Ultima Thule.

— O ponto mais ao norte da Terra.

"E onde seria isso", pensou Robert. "Era preciso encontrar."

A Estrela Sagrada deveria ser entregue aos cuidados de uma pura e imaculada guardiã da casa de Eva. O que significaria isso? "Pura e imaculada" queria dizer o mesmo que virgem. "Da casa de Eva", por acaso, significaria que ela descende da Eva criada por Deus para povoar o Jardim do Éden. Ou significaria apenas uma mulher?

Georg Wedel Schjelderup Jr. passou algumas páginas do livro. Robert reparou que ele ficou sério e franziu o cenho.

— O que foi? — perguntou Robert.

— Mas que coisa...

— O que você descobriu?

— Jamais havia pensado nisso — murmurou Georg Wedel Schjelderup Jr. para si mesmo.

— No quê? — questionou Robert impaciente.

Georg Wedel Schjelderup Jr. ergueu um pouco o livro para lhe mostrar:

— Durante uma escavação arqueológica nas ruínas de um convento de freiras em Roma na década de 1920 foi encontrado um texto num compêndio de escrituras. Agora que eu estou reparando que ele foi escrito por alguém que se dizia guardiã da joia. Os pesquisadores dataram esse texto de cerca do ano 200.

Robert ficou boquiaberto. "Um texto escrito pela guardiã da joia?" Era incrível. Ele puxou o livro para o colo e continuou a ler:

Eu conseguia ouvir o rugido dos leões e o fragor dos gladiadores ao longe no Coliseu, na manhã em que minha mãe e meu pai me levaram para o convento. As ruas estavam cheias de homens que passavam noites a fio bebendo, gargalhando e falando coisas obscenas, e de mulheres frívolas que se escondiam nas sombras das vielas. Minha mãe fechou a cortina da liteira para que minha visão não se conspurcasse com as cenas bárbaras que pululavam sob a luz do crepúsculo.

    Meus pais eram devotos de São Victor havia muito tempo. Nós não mais acreditávamos nos deuses romanos e tínhamos entregado nossa vida ao Salvador, Jesus Cristo. Secretamente cultuávamos Nosso Senhor e seu filho, Jesus.

    O convento onde eu deveria servir fica num dos locais mais altos de Roma. Os carregadores da liteira apressaram o passo à medida que nos aproximávamos. A madre superiora nos aguardava na porta, acompanhada de suas freiras mais próximas. Minha mãe e meu pai estavam orgulhosos de poder confiar a mim, sua filha mais nova, ao seu cuidado.

    As freiras do convento não apenas servem à fé de Nosso Senhor. Sua tarefa mais importante era guardar um objeto sagrado com centenas de anos de idade. A Estrela Sagrada é a relíquia mais cultuada dessa comunidade. E uma freira especialmente escolhida entre todas, que em sua piedade e castidade guarda e protege a Estrela Sagrada, é chamada de guardiã da joia. Essa sou eu. A Estrela Sagrada fica depositada num relicário forrado com a mais fina seda. O relicário fica trancado num armário dourado atrás do altar. Somente a guardiã da joia possui a chave. A cada sete dias, eu abro o armário, sob a vista da madre superiora e embalada pelo cântico das demais freiras, e unto a Estrela com óleos perfumados.

    Há duzentos anos, a joia ornou o pescoço de uma mulher de nome Maria. Era Maria de Nazaré. A maioria das pessoas a conhece por Virgem Maria. Mãe de Jesus. Rainha do Céu.

"Que história!"

Robert ficou sentado lendo e relendo o texto várias vezes.

É possível acreditar mesmo em profecias e lendas? Narrativas religiosas antigas... Ao longo dos séculos, milhares delas foram escritas. Não podem ser verdadeiras todas elas.

Essa por acaso seria?

> **O QUE ROBERT APRENDEU SOBRE RELÍQUIAS**
>
> Uma relíquia é uma parte do corpo ou um objeto que tenha pertencido a um santo ou uma santa (um homem ou mulher sagrados). Uma relíquia pode ser um pedaço de osso ou um objeto qualquer. Os cristãos acreditam que as relíquias podem fazer milagres.

II

Robert saiu da casa de Georg Wedel Schjelderup Jr. com o cérebro fervilhando de ideias e dúvidas. Ele montou na bicicleta e remoeu esses pensamentos pedalando a caminho de casa.

A história da guardiã da joia o deixara muito impressionado. Foi como se o afetasse pessoalmente. Em geral, ele imaginava o passado como uma época remota e inatingível. No entanto, ao ler a história da guardiã da joia, ele percebeu que naquela época as pessoas eram exatamente como nós.

"Seria tão bom viajar no tempo", imaginou ele. "Viver o passado!"

A julgar por Georg Wedel Schjelderup Jr., isso não seria exatamente impossível. Bem, a maioria das pessoas iria achar que era bobagem ou brincadeira. "Antigamente, porém, pensava-se o mesmo de vários avanços científicos da nossa época", concluiu Robert ao descer da bicicleta diante do prédio e empurrá-la consigo para dentro do apartamento.

Os Cães do Senhor

O ROUBO

Oslo

Uma miniatura de um avião militar da época da Segunda Guerra Mundial — um Messerschmitt — pendia oscilando de um fio de náilon preso ao teto. Sobre a escrivaninha, havia um *laptop* aberto no modo de hibernação ao lado de um globo terrestre com fronteiras antigas demarcando os países. As paredes eram cobertas de cartazes de ídolos de futebol colados com fita aderente.

Os olhos escuros de Lucio percorreram cada centímetro do quarto. O garoto havia ido à procura de um ancião a alguns blocos dali, informara Valentino. A mãe de Robert estava de plantão no emprego, disse o monge que a seguia.

Nesse momento, dois dos monges estavam às voltas com a instalação de microfones — escondidos nas lâmpadas — em cada aposento do apartamento.

Lucio vasculhava todos os objetos da casa. Procurando pistas. Ele bisbilhotou o *laptop* de Robert. Drago, o especialista em informática, já tinha hackeado a senha e instalado um programa que automaticamente enviava toda a atividade do *laptop* para seu próprio computador. Eles também conseguiram hackear o celular de Robert. Cada vez que telefonasse ou enviasse um SMS, tanto a conversa como o texto da mensagem seriam interceptados por uma central e um intérprete cúmplice se encarregaria de traduzir tudo.

Até então, nem Robert nem sua mãe tinham revelado muita coisa sobre o amuleto.

"Tenho certeza de que estão escondendo alguma informação", pensou Lucio.

Quando o cardeal designou Lucio para essa gloriosa missão, este lhe pediu que também os monges mais hábeis o acompanhassem. O cardeal não recusou nada. A tropa era composta por nove homens. Os soldados mais destacados dos Domini Canes. O irmão Drago era um gênio da tecnologia, capaz de hackear qualquer coisa. Sua especialidade era vigilância eletrônica. O irmão Valentino era o motorista. Além deles, havia outros seis monges — Alberto, Torre, Vittorio, Rico, Silvio e D'Angelo —, todos faixas-pretas em alguma arte marcial e especialmente treinados para cumprir as tarefas mais difíceis.

Os monges reviraram aposento atrás de aposento na tentativa de achar o amuleto ou pelo menos alguma pista que os levasse a ele.

Silvio e D'Angelo reviraram o quarto da mãe, vasculhando gavetas, armários, caixas e estojos. Torre e Vittorio fizeram o mesmo na sala de estar, na cozinha e no banheiro. Acompanhados de Lucio, Alberto e Rico se encarregaram do quarto de Robert.

Cada livro foi removido da estante e depois colocado exatamente onde se encontrava. As gavetas com roupas foram todas remexidas e depois arrumadas exatamente como estavam.

Nada.

Muito misterioso.

Eles ficaram no apartamento até Valentino informar que Robert havia saído do apartamento do velhinho e estava a caminho de casa.

Furtivamente, os monges deixaram o lugar exatamente como o encontraram. Três monges entraram no carro preto com janelas fumês que tinham alugado. Os demais entraram numa van, também alugada. Ela também tinha as janelas fumês.

Sentados nos carros, em completo silêncio, observaram Robert chegar em casa. O garoto desmontou da bicicleta e a empurrou para o apartamento. Logo em seguida, chegando apressada do trabalho, veio sua mãe.

Capítulo VI

O ENGANO

Oslo

I

Alguma coisa estava errada.

Robert não conseguia precisar o quê. Ele olhou em volta. O *laptop* em cima da escrivaninha. Os livros. Os DVDs. A cama intocada. A maquete do avião pendurada no teto.

O que estava errado?

A mãe bateu à porta e entrou.

— Robert, você não andou mexendo nas minhas joias, não é?

— Claro que não. O que eu ia querer com elas?

— Foi exatamente o que eu pensei. Mas uma gaveta da penteadeira estava aberta. Eu tinha certeza de que tinha deixado todas as gavetas fechadas.

— As joias estão todas lá?

— Sim, até onde posso ver. Pelo visto, não houve um roubo aqui. Que estranho!

Assim que a mãe saiu, Robert abriu o *laptop* e pesquisou sobre Ultima Thule na internet:

Thule *(Θούλη, Tuli, Tile ou Tyle) é uma expressão da mitologia grega e (mais tarde) também da mitologia romana. Thule é um ponto geográfico remoto ao norte, assim denominado primeiramente pelo geógrafo e explorador grego Píteas de Massália (Marselha) durante uma expedição que ele provavelmente empreendeu à Europa setentrional por volta do ano 330 a.C. Segundo ele, Thule ficava a seis dias navegando ao norte da Grã-Bretanha e, em sua descrição, ele menciona mares congelados, a aurora boreal e um maravilhoso sol da meia-noite.*

"Ultima Thule é a Noruega! Tem de ser!" Pensativo, Robert reclinou-se na cadeira e olhou para o livro que estava ao lado do *laptop*.

Foi aí que descobriu: o livro sobre Roma estava fechado. Ele tinha certeza de que o deixara aberto quando saiu.

Ele agora estava fechado, com a capa voltada para cima.

II

Robert não conseguiu dormir. Ficou se remexendo de um lado para o outro da cama. As dúvidas não paravam de brotar na sua cabeça: alguém tinha estado no apartamento? E por que teria invadido sua casa, mas sem ter levado coisa alguma?

Como se ele já não tivesse bastantes motivos para se preocupar. Robert examinou todos os livros que pegara emprestado da biblioteca. Eles estavam empilhados no chão. Qual seria a relação da joia com os *vikings* e desses com a profecia?

Quem seria aquele infante? Qual seria o paradeiro da Estrela Sagrada? Robert não tinha tomado como verdade tudo o que Georg Wedel Schjelderup Jr. lhe dissera. De certa maneira, parecia que o homem tinha um parafuso solto. No entanto, ele era incrivelmente sábio. Alguém que já refletira muito sobre as coisas. Durante muitos, muitos anos. Robert tinha apenas 14 anos. Ele não tinha raciocinado o suficiente. Pelo menos, não sobre essas questões mais complicadas. Seus pensamentos deixaram para trás Georg Wedel Schjelderup Jr. e agora se concentravam em Angelina.

— Angelina — sussurrou ele no quarto escuro.

Como se pudesse invocar sua presença apenas pronunciando seu nome.

— Alguma coisa errada? — perguntou a mãe no café da manhã do dia seguinte, com aquela expressão de *estou-muito-preocupada-com-você-mas-vou-fingir-que-não-está-acontecendo-nada*.

— Nada.

— Tem certeza?

— Sim.

— Estive pensando um pouco mais sobre... aquele assunto sobre o qual você conversou com a psicóloga.

"Eu sabia!" Mas ele não quis nem imaginar a mãe se preocupando e novas rodadas de psicólogos e médicos. Então limitou-se a dizer:

— Talvez ela esteja certa.

A mãe se espichou na cadeira:

— Você está falando sério?

— Não sei direito — prosseguiu ele, achando mais fácil agir assim do que mentir. — Talvez tudo tenha acontecido somente na minha imaginação. Porque estava escuro, eu estava com medo e tudo o mais. Não sei. Você está lembrada de que tenho jogo de futebol hoje à noite?

— Claro! — sua voz adquiriu um outro tom, bem mais animado. — Vou tratar de chegar em casa bem cedo do emprego.

III

Durante o treino, os garotos, mais uma vez, juntaram-se ao redor de Robert. Aqueles que ainda não tinham escutado a história umas cem vezes queriam que ele contasse mais sobre a catacumba. Robert ouviu os comentários quando eles estavam se dispersando.

— Ele disse que viu um fantasma. Um monge! Acho que ele não tem é nada na cabeça.

Gargalhadas.

Antes de entrarem no campo, o treinador o puxou para o lado.

— Está tudo bem, Robert?

— Superbem!

— Escute, eu conversei um pouco com a sua mãe.

— Sobre o quê?

— Você passou por muita coisa. Eu compreendo. Então, acho bom não ter muito com o que se preocupar de agora em diante, para ter mais tempo para você.

— Como assim? Não vou mais jogar?

— Claro que vai jogar. Mas acho melhor que Patrick continue sendo o capitão...

— Mas...

— ... pelo menos por mais algumas semanas. Até você estar cem por cento novamente.

— Eu estou cem por cento!

— Não estou duvidando!

— Não preciso de mais tempo para mim.

— Em todo o caso, vamos combinar assim. E aí depois vemos como é que fica.

Depois do treino, Robert tentou localizar o carro preto com janelas fumês que vira estacionado diante do seu prédio quando saiu de casa. O mesmo carro que vira parado ao lado do campo de futebol quando saiu do vestiário. No entanto, agora ele já não estava lá.

Claro que não estava.

— Você não é uma estrela de cinema, Robert — disse ele a si mesmo.

Ele deu um profundo suspiro. Não é de admirar que o treinador tivesse dado a braçadeira de capitão para Patrick. *Patrick*? Quando Robert voltou, era *ele* quem ocupava o posto de capitão do time. Tempo para si? Ele não estava precisando de tempo para si. O treinador achava que agora ele não pensava em outra coisa que não fosse a catacumba, seria isso?

IV

Quando o celular de Robert tocou, ele verificou, como de costume, o número que chamava. Era o de um telefone fixo. Será que ele conhecia alguém que ainda usava telefone fixo? Em pleno ano de 2014?

— Robert? — disse a voz do outro lado da linha.

Robert a reconheceu imediatamente. Georg Wedel Schjelderup Jr.

— Estou ligando para falar do símbolo no anel do monge. A cruz e o dente canino. Você pode dar uma passada aqui em casa assim que tiver tempo? Quero lhe mostrar uma coisa.

Quinze minutos depois, Robert estava no apartamento de Georg Wedel Schjelderup Jr. Um livro grosso, antigo, estava aberto sobre a mesa de laca branca da cozinha:

Ancient Religious Symbols

"Símbolos religiosos antigos", traduziu Georg Wedel Schjelderup Jr. Ele abriu na página 764. E lá, no meio dela, dentre os símbolos mais estranhos, Robert identificou a mesma marca que vira no anel do monge:

Símbolo da ordem monástica cristã Domini Canes, os Cães do Senhor.

Domini Canes? O nome não lhe soava estranho... Claro! Os Domini Canes não eram a ordem a que pertenciam os monges do mosteiro de Luna? O mosteiro que foi atacado pelos *vikings* que acreditavam ter chegado a Roma?

— O senhor sabe mais alguma coisa sobre os Domini Canes? — perguntou Robert exultante.

— Infelizmente, não. Eu lhe telefonei assim que descobri o símbolo no meu livro. Não tive tempo ainda de fazer uma pesquisa mais aprofundada.

— E quanto ao outro símbolo, aquele do olho com a cruz dentro?

— Infelizmente, nada. Eu só consegui chegar até aqui.

— Podemos dar uma olhada no seu computador?

— Meu computador?

— Sim. Procurar Domini Canes no Google.

Georg Wedel Schjelderup Jr. franziu o cenho.

— Gugle? — ele desatou a rir. — Meu filho, eu nem tenho computador. Ainda uso caneta tinteiro, junto com uma máquina de escrever Remington, que utilizo sempre que a ocasião requer.

"Ele tem o quê, mil anos?", indagou-se Robert.

Capítulo VII

O CANINO

Oslo

I

Robert chegou em casa a toda velocidade, subiu as escadas correndo e abriu o *laptop*. No entanto, não encontrou todas as informações que procurava sobre os Domini Canes. A ordem dos monges ficava em um mosteiro na Itália, estava lá, e foi fundada ainda no ano 742.

"Uma ordem controversa", leu Robert numa página na internet, "pois acredita que os cristãos não podem estar sujeitos às leis humanas enquanto estiverem agindo pela inspiração do Espírito Santo."

Desde que estejam trabalhando para Deus, eles têm liberdade de fazer o que quiserem.

Em outra página, Robert encontrou um artigo sobre três monges Domini Canes que foram condenados por assassinar um padre que vivia em pecado.

"Se os monges da ordem Domini Canes acreditavam mesmo que tudo que faziam tinha uma inspiração divina, eles eram mesmo assustadores", pensou Robert. "Nesse caso, eles podiam simplesmente fazer exatamente o que bem entendessem."

Em nome de Deus.

II

Robert recostou-se na cama. No chão estava a pilha de livros que ele tinha retirado da biblioteca. Ele apanhou o de cima: *Chefes vikings noruegueses*. Ele não desistira de encontrar uma pista que apontasse para uma relação direta — por mais tênue que fosse — entre Luna e Borgund.

Finalmente ele encontrou essa relação.

No capítulo "Saques e pilhagens", ele leu sobre a história de um terrível chefe que estendeu seus domínios por todo o oeste da Noruega. Ele se chamava Ragnvald. E era apelidado de Dente Azul. No ano de 879, ele mudou-se de Kaupanger, no Vale do Sogn, para um novo assentamento.

E onde ficava esse novo assentamento de Ragnvald?

Precisamente, Robert leu com o coração palpitando, no Vale do Lær — bem próximo a Borgund.

Robert seguiu lendo sobre o poderoso chefe:

"O chefe Ragnvald", dizia o livro, "servia na frota do rei sueco Bjørn Jernside e de seu irmão Hallstein quando partiram para o Mediterrâneo, por volta do ano 860. Foi durante as batalhas lideradas por Bjørn Jernside e Hallstein que Ragnvald passou a ser conhecido como Dente Azul".

Não podia ser verdade.

Ragnvald Dente Azul era o seu homem.

Ragnvald era o *viking* que havia roubado a joia triangular em Luna — que pensava ser Roma — e a trouxera consigo para a Noruega. Até finalmente ser descoberta pela mãe de Robert, no verão passado.

III

Robert deixou escapar o mais alto *yessss* da sua vida. Até que enfim!

Ele tentou telefonar para Ingeborg Mykle, mas ela tinha desligado o celular. Certamente estava em reunião. Ele a escreveu uma longa mensagem de texto explicando o que tinha acabado de descobrir e pedindo que ela desse uma olhada nos arquivos para tentar obter mais alguma informação.

Quando a mãe voltou do trabalho, Robert já estava com as perguntas na ponta de língua:

Ela já tinha ouvido falar do chefe Ragnvald?

O que ela tinha a dizer sobre uma possível relação entre Ragnvald e a descoberta da joia triangular em Borgund?

A mãe ficou abismada. Ragnvald Dente Azul era um dos muitos que ela acreditava terem sido sepultados em Borgund. Jamais imaginara, porém, que Ragnvald de Kaupanger tinha tomado parte nos saques que o exército de Bjørn Jernside tinha feito no Mediterrâneo.

"Tudo se conecta", pensou Robert agitado. "Se a joia triangular de Borgund tivesse sido pilhada de um mosteiro em Luna, e os monges do mosteiro tivessem conhecimento da catacumba em Roma, isso explicaria a existência de um mapa que mostrava exatamente o caminho até lá."

Resumindo os pensamentos de Robert:

Primeiro os *vikings* saquearam uma joia — e o mapa — do mosteiro em Roma. Depois, o chefe Ragnvald Dente Azul transportou tudo consigo para a Noruega, como espólio de guerra. Após falecer, alguns dos seus tesouros foram colocados num relicário de cobre e enterrados juntos na sepultura do chefe. Era assim que a história parecia se desenhar.

Mais de mil anos depois, o relicário foi desenterrado por arqueólogos. E, quase simultaneamente, apareceu em Roma uma joia similar — desta vez ao redor do pescoço de Robert.

Sem que ele tenha percebido, Angelina deve ter conseguido pendurar a joia no seu pescoço. Ele não tinha outra explicação. Mas por quê? Ela queria que ele tomasse conta da joia?

Ao mesmo tempo, deve haver mais uma ligação — entre as duas joias triangulares idênticas e o amuleto conhecido como Estrela Sagrada. Robert deu um suspiro. Não era fácil encontrar o fio da meada de todas essas possíveis relações. No livro de Georg Wedel Schjelderup Jr., havia uma menção a um infante da Ultima Thule que unificaria a Estrela. Unificaria? Não fazia sentido. E, ao mesmo tempo, ele salvaria o mundo da destruição? Não tinha cabimento. Quanto mais Robert especulava, mais os pensamentos fluíam soltos. E os fios soltos daquela meada pareciam ter dado um verdadeiro nó na sua cabeça.

Capítulo VIII

O REINO DOS MORTOS

Oslo

I

Naquela noite, Robert tentou conjurar Angelina.

Num dos livros sobre parapsicologia que lera, o garoto aprendeu sobre invocação dos espíritos. Na linguagem dos magos, isso se chamava *necromancia*. Conversar com os mortos. Não havia receita de como invocar alguém já morto, mas ele tinha algumas ideias em mente. Se pudesse novamente entrar em contato com Angelina, ela certamente poderia ajudá-lo a responder a pelo menos algumas das centenas de questões que o atormentavam e tiravam seu sono durante a noite. Somente Angelina poderia responder de fato por que ela se encontrava na catacumba naquela noite.

Quando escutou sua mãe já se recolhendo, ele esperou mais alguns minutos para que ela adormecesse. Então, apanhou seis velas e um rolo de papel kraft em um armário da cozinha. Ele estendeu o papel sobre o chão e desenhou um enorme hexagrama — uma estrela de seis cantos. Acendeu as seis velas e as dispôs em um círculo em volta da estrela. Engoliu em seco. Apagou as luzes do quarto. Cruzou as pernas e sentou-se no chão, no meio do hexagrama.

O QUE ROBERT APRENDEU SOBRE HEXAGRAMAS

Um hexagrama é uma figura geométrica de seis pontas que algumas pessoas acreditam ter poderes mágicos. A figura é, portanto, comumente utilizada em contextos religiosos ou de ocultismo. Para os judeus as seis extremidades simbolizam os seis dias que Deus utilizou para criar a Terra e, por isso, a estrela de davi figura na bandeira de Israel. Outras religiões também têm hexagramas em alta conta. A exemplo do pentagrama — uma estrela de cinco pontas —, o hexagrama é utilizado em cerimônias de ocultismos, entre outras coisas, para invocar espíritos.

Robert estremeceu.

Ele ergueu ambas as mãos espalmadas, bem afastadas do corpo, fechou os olhos e então começou a recitar, baixo, para não acordar sua mãe, mas ainda assim intensamente:

— Angelina!

O garoto engoliu em seco e olhou ao redor do quarto.

— Angelina, eu estou chamando você! Você pode me ouvir? É Robert quem está chamando! Eu estou lhe convidando para vir do reino dos mortos à minha casa, para que possamos conversar.

Ele voltou a cerrar os olhos.

— Angelina... Não estou mais na catacumba, mas no meu quarto na Noruega. Você pode me ouvir? Angelina? Espero que você me ouça e possa vir até aqui, ou pelo menos conversar comigo.

Cuidadosamente ele reabriu os olhos. Ela estaria ali? Sentada na cama, olhando para ele?

Não.

Ele voltou a fechar os olhos.

— Angelina, estou chamando você para vir até mim. Eu sou o Robert, lembra-se de mim? Não sou nenhum feiticeiro, mas espero que mesmo assim você possa me ouvir, onde quer que esteja, e que não fique inibida de entrar em contato, muito embora eu seja um garoto que está vivo e você, possivelmente, uma garota morta.

Ele tentou enxergar alguma coisa na escuridão.

Teria notado algo se movendo próximo à cama? Não, era apenas Burre se espichando por um buraco da sua gaiola. Provavelmente, devia estar intrigado com o que Robert estava aprontando.

— Angelina, você está me ouvindo? Angelina, é Robert quem está chamando.

Porém, tudo isso deu em nada.

Nada.

Nem mesmo um sussurro. Nem um vento gélido soprando pelo quarto. Nada que sequer movesse a chama das velas.

Simplesmente coisa nenhuma.

Quer dizer que ele não era vidente coisa nenhuma. Não tinha nada de médium.

"Preciso de ajuda", pensou Robert.

III

Ele tinha acabado de arrumar tudo e se deitara quando o celular apitou. Uma nova mensagem de texto de Ingeborg Mykle:

Oi, Robert. Muito obrigada por me enviar aquela mensagem instigante. Eu acho que tenho mais informações. Quando estudava história nórdica, falava-se de uma saga que não consta da literatura oficial. Se me lembro bem, ela se chamava Saga de Ragnvald. Procurei, mas não consegui encontrá-la ainda. Se foi realmente Ragnvald Dente Azul de Kaupanger o homem que acompanhou Bjørn Jernside pelas pilhagens no Mediterrâneo e saqueou Luna, teremos uma possível conexão! Vou continuar a procurar amanhã. Ingeborg.

"A *Saga de Ragnvald*", pensou Robert entusiasmado. "Espero que Ingeborg consiga seguir a pista dessa saga do tempo dos *vikings*!"

Capítulo IX

O DIA DO JUÍZO FINAL

Oslo

I

Robert resolveu caminhar sozinho pelo pátio da escola. Não estava a fim de bater papo com os amigos, que discutiam quem seria o time finalista do campeonato de futebol. Ele acabara de receber mais uma mensagem de texto de Ingeborg, que estava enfurnada num arquivo num porão procurando mais informações sobre a saga de Ragnvald Dente Azul no meio de centenas de pergaminhos antiquíssimos.

Seus pensamentos estavam confusos. Ninguém acreditava na história do monge. Nem na de Angelina. Disso ele sabia. No entanto, ninguém estivera lá dentro com ele, na catacumba.

Mesmo assim, à luz do sol, a história não parecia crível, ele admitia. Num livro de história, ele lera alguma coisa sobre o Oráculo de Delfos, que, por mais de mil anos, previa o futuro para os gregos ricos e poderosos, influenciado pelos vapores dos gases que brotavam das profundezas.

Seria possível que houvesse esses mesmos gases na catacumba?

Gases que induziam alucinações?

Quando tocou a sirene anunciando a volta às aulas, estava ainda mais agitado do que quando começou o recreio.

O QUE ROBERT APRENDEU SOBRE O ORÁCULO DE DELFOS

Dito assim, o Oráculo de Delfos parece ser uma única pessoa, mas, ao longo de 1.200 anos, milhares de mulheres — sacerdotisas — exerceram as funções de oráculo, fazendo previsões em troca de pagamento. Reis, generais e governantes, e mesmo gente comum, recorria ao oráculo na Grécia para pedir conselhos sobre o futuro. Uma teoria diz que as sacerdotisas faziam suas previsões com a consciência alterada devido aos gases que brotavam do solo dentro do templo. Outra sugere que os oráculos simplesmente inventavam tudo.

II

Depois da escola, ele e Svein foram até uma banca para comprar um jornal. Robert sabia que em um deles havia anúncios classificados oferecendo serviços de pessoas que poderiam entrar em contato com os mortos, essas pessoas se intitulavam "videntes" ou "sensitivas". Robert telefonou para a mais famosa delas — ela parecia uma rainha cigana e se chamava Sibila — e marcou um horário.

— Você ficou louco ou o quê? — bradou Svein.

Robert não sabia o que responder. Na verdade, ele se sentia assim. Completamente louco...

— Videntes — disse Svein — conversam com as almas! Eles invocam os mortos. Já vi na TV. É muito sinistro.

— Por que todo mundo acha que os mortos são perigosos?

— Robert — prosseguiu Svein afetando uma certa indulgência —, eles são perigosos porque estão *mortos*.

— E daí?

— *Mortos*, está ouvindo?

Svein levantou os braços, esticou as mãos e fez uns ruídos estranhos com a boca. Demorou um tempo até Robert perceber que ele estava querendo imitar pessoas que tinham morrido.

— Não acho que os mortos façam assim com as mãos — retrucou Robert secamente.

Grunhindo, ele retesou as mãos como se fossem garras.

— Nem assim — disse Robert. — E também não acho que façam ruídos.

— Os zumbis fazem! — afirmou Svein.

— Zumbis não representam os mortos — redarguiu Robert, dando a impressão de que ele conhecia os detalhes mais importantes do mundo sobrenatural. — Um zumbi é um morto-vivo que está sujeito ao poder de quem o trouxe de volta ao mundo dos vivos. Um fantasma não está sujeito a nada além de si mesmo.

Svein engoliu em seco.

— Estava achando que você iria comigo.

— Para onde?

— Para a médium. A sensitiva.

— De verdade?

Depois de alguns minutos de conversa, Svein prometeu, ainda que meio a contragosto, acompanhar Robert.

Dessa forma, ele não teria que ir sozinho.

III

Depois de se despedir de Svein, que iria jogar xadrez, Robert foi correndo para a biblioteca.

Foi lá que teve a ideia. Enquanto passava em frente a uma vitrine que expunha uma coleção de catecismos, ele se deu conta de que talvez um padre soubesse o que a cruz no olho significava. Ele conhecia algum padre? Hum, na verdade não. Mas ele tinha entrevistado a diaconisa local para o jornal da escola. Vibeke Willum era o nome dela, que tinha uma coleção de livros antigos sobre todas as religiões possíveis e imagináveis.

Ele foi para fora da biblioteca, encontrou o número de Vibeke Willum e telefonou para ela.

— Robert? — disse ela quando ele se apresentou. — Claro que eu me lembro de você! Ficou ótima a matéria no jornal da escola. E agora é você quem está em todos os jornais!

Robert explicou que procurava mais detalhes sobre um símbolo que consistia de um olho com uma cruz dentro. Vibeke Willum jamais ouvira falar de algo assim, mas prometeu procurar nos seus livros. Ela telefonaria se descobrisse algo.

Quando entrou, a bibliotecária acenou para ele.

— Aquele livro que você reservou da biblioteca principal já chegou — avisou ela. A mulher lhe entregou dois volumes grossos, cheios de ilustrações. *Mitos e lendas* chamava-se o primeiro. *Servidores de Deus: seitas, sociedades religiosas e ordens monásticas* era o nome do segundo.

Ele ocupou uma cadeira num canto da biblioteca e começou a ler. Leu páginas e páginas. Lendo um pouquinho aqui e outro ali. Quando chegou à página 243, ficou tão admirado que quase deixou o livro cair no chão.

Um capítulo inteiro sobre os Domini Canes.

Os Cães do Senhor, estava lá, são uma controversa ordem religiosa na qual os monges dedicam sua vida a se preparar para o Dia do Juízo Final, quando Jesus Cristo retornará à Terra para julgar os vivos e os mortos.

Robert tinha lido sobre o Juízo Final nas aulas de RLE[11]. Jesus estava convencido de que o Juízo Final estaria próximo. Há 2 mil anos, quando ele viveu na Terra. E os primeiros cristãos acreditavam que o Juízo Final era iminente. Podia ser amanhã. Talvez no próximo ano. E agora se passaram quase 2 mil anos.

Os Domini Canes, ele leu, eram governados por monges que se acreditavam escolhidos para ajudar a Deus e Jesus Cristo acelerando a chegada do Dia do Juízo Final.

Para atingir esse objetivo — a destruição do mundo —, eles estariam dispostos a empregar todos os meios possíveis.

O fim justifica os meios, como se diz.

Se o objetivo fosse bom, não importavam os meios pelos quais ele seria alcançado.

A ordem dos Domini Canes, ele leu, num passado remoto, possuiu uma antiga joia que estava escondida numa fresta, atrás de uma cruz que antes pertencera a um convento de freiras em Roma. "A joia triangular", Robert pensou ansioso. Os monges Domini Canes depositaram a joia num relicário feito do mais puro ouro, forrado com veludo púrpura e seda, e a veneravam como uma relíquia sagrada. Alguns séculos depois, porém, seu mosteiro foi atacado por *vikings* — bárbaros barbados das terras cobertas de neve ao norte. Os *vikings* roubaram o relicário e levaram consigo todos os tesouros abrigados no mosteiro.

"*Yessssss!*"

---

[11] "Religiões, Visões de Mundo e Ética", disciplina curricular obrigatória na Noruega (N. do T.).

Os *vikings*! Mais precisamente Bjørn Jernside, Hallstein e Ragnvald Dente Azul.

Robert havia farejado a pista. Ragnvald Dente Azul levara a joia — primeiro para a Noruega, depois para a cova. Enquanto isso, outra joia idêntica fora esquecida nas profundezas da catacumba...

A joia que Angelina havia colocado no seu pescoço.

Seria mesmo um monge Domini Canes quem ele encontrara no interior da catacumba? Não apenas um monge, mas um monge que achava que tinha o direito de matar se estivesse agindo em nome de Deus... Deveria ser a joia que ele tinha no pescoço, ao escapar do desmoronamento, aquilo de que o monge estaria à procura. Os monges certamente acreditavam que era a mesma joia que os *vikings* haviam lhes roubado.

"Ainda bem que eles estão em Roma, e não aqui", pensou Robert.

Os Cães do Senhor

NOITE

Oslo

A lua cheia reluzia enorme no céu. Eles estavam estacionados entre uma caminhonete e uma motocicleta na rua em frente ao prédio onde Robert morava. Haviam trocado o carro alugado. Lucio tinha certeza de que Robert os identificara.

Os outros monges acharam que Lucio estava exagerando. O fato de Robert ter reparado bastante no carro escuro de janelas fumês não significava que ele achava que estava sendo vigiado. Não havia a menor razão para Robert desconfiar de alguma coisa. No entanto, Lucio mostrou-se intransigente. Eles precisavam alugar outro carro. Dessa vez, azul. Com janelas fumês.

Lucio estava sentado no banco do carona; Valentino, atrás. Os outros monges dormiam — alguns no hotel, alguns em um porão que conseguiram emprestado de monges noruegueses.

Lucio não achava que algo aconteceria naquela noite, mas não queria correr o risco de não seguir Robert caso ele resolvesse sair na calada da noite. Robert era um garoto esperto. Disso ele já sabia, espião experiente que era. A invasão do computador e o telefone grampeado tinham revelado o montante de informações que o infante acumulara. Sobre a Ultima Thule. Os Domini Canes. O ataque *viking* a Luna. E os contatos que tinha feito. Pastores, parapsicólogos e professores... Lucio chegou a pensar que Robert sabia mais sobre o amuleto do que ele próprio.

Desde pequeno, Lucio soube que queria ser monge. Ele gostava do ambiente do mosteiro e da maioria dos afazeres. Além disso, os Domini Canes não eram como as demais ordens monásticas. Eles eram dedicados a realizar uma tarefa sagrada. Deus precisava de auxiliares na Terra. Auxiliares que se voluntariassem para o sacrifício, se fosse necessário. Lucio era como uma formiga num formigueiro, um trabalhador que estava a serviço da comunidade. Talvez nem sempre ele visse as coisas em perspectiva, mas quem sempre o fazia? A formiga por acaso sabe exatamente de tudo o que se passa no formigueiro ao qual pertence? Algumas dúvidas ele simplesmente precisava ignorar em nome do contexto geral e do que ditava a sua intuição.

Ainda durante o seu noviciado — o tempo de provação que teve de passar antes de fazer seus votos —, ele se destacara por seu entusiasmo e devoção. O abade e o cardeal logo perceberam que havia algo a mais em Lucio. Por isso, ele foi cedo selecionado para integrar a força-tarefa especial e secreta que os Domini Canes organizavam para executar suas missões. Soldados da infantaria do Senhor. Cães do Senhor — aqueles que obedientemente se punham de prontidão para apressar o Juízo Final.

Lucio e Valentino se alternavam na vigília. Uma hora dormindo, uma hora alerta. A rua estava deserta e silenciosa. Quase todas as janelas do prédio estavam escuras. Lucio sabia exatamente atrás de qual janela Robert dormia. No fone da orelha esquerda, ele escutava a voz monocórdia de Robert invocando os espíritos. No da direita, o som era o da mãe de Robert ressonando baixinho. O escuro e o som entediante eram um convite a adormecer, mas Lucio não podia se permitir cair no sono.

Às cinco horas, chegou o entregador de jornais. Lucio o seguiu com o olhar. Ele passava de bicicleta de porta em porta, apeava por alguns instantes e depois seguia adiante. O relógio já se aproximava das oito quando Robert saiu pela porta a passos rápidos. Lucio acordou Valentino. Pela maneira como Robert carregava uma mochila nas costas, ele provavelmente estava indo para a escola. Eles manobraram por uma rua de trás e estacionaram do lado oposto, de onde podiam avistar o pátio da escola.

Lucio não conseguia compreender qual seria exatamente o objetivo de Robert. O que ele estaria aprontando? Onde tinha escondido o amuleto? Por que tinha procurado todas aquelas pessoas? Era como se Robert fosse uma espécie de detetive particular, assim como ele. Mas isso não fazia sentido. O que ele estaria investigando? Robert já possuía o amuleto. Lucio estava confuso.

E isso o deixava fora de si.

Capítulo X

A MORTE

Oslo

I

"Que estranho", pensou Robert. "Ontem era um carro preto com janelas fumês que estava parado ali. Hoje é um azul. Com janelas fumês". Ele tinha reparado ao voltar correndo para casa, depois da escola. "Estava estacionado entre uma caminhonete e uma motocicleta mais adiante na rua. E agora está estacionado ao lado do pátio da escola."

"Não é possível que seja o mesmo carro."

Ele tentou observar melhor quando passou ao lado, mas não viu nada além do reflexo nas janelas fumês. Ainda assim, sentiu algo diferente naquele carro. Ele não tinha como precisar o quê. Era somente uma sensação estranha.

"Burrice, burrice, burrice."

Na verdade era bem simples. Se você se dispuser a reparar em carros vermelhos, de repente só vai enxergar carros vermelhos na sua frente.

II

Depois da última aula, Robert e Svein voltaram para casa retomando a conversa do dia anterior sobre espiritismo.

Svein achava que a morte era uma espécie de estação terminal. Quando você morre é isso, você morre. De todas as maneiras possíveis. Seu corpo morre. Seus pensamentos morrem.

— Mas imagine que não seja assim — disse Robert. — Imagine que a sua alma sobrevive depois que seu corpo físico morre.

— Sobrevive onde?

— Onde quer que seja. Completamente independente do corpo.

— Pfff!

— Talvez um fantasma seja a imagem que a alma consegue formar para que nós, os vivos, o vejamos. Talvez a alma tente se revelar para nós da forma que ela era quando ainda possuía um corpo. E se for assim?

— Nesse caso, milhões de almas passam sobrevoando por nós o tempo inteiro.

— Ou pelo menos algumas delas, que retornam para cá.

— Por quê?

— Sei lá. Porque elas jamais conseguiram ir para o reino dos mortos? Ou talvez porque não saibam que morreram e apenas... esperam.

— Esperam? Por quê? Ou seria por quem?

— Eu não tenho a menor *ideia*! — bradou Robert, frustrado.

Eles foram em frente sem dizer palavra.

Finalmente Robert perguntou:

— E no que deu aquela história da sua avó?

— O que tem?

— Você disse que a tinha visto. Depois que ela morreu. Como pode tê-la visto se você não acha que isso é possível?

Svein parou de caminhar. Ficou quieto um instante e depois respondeu:

— Com a vovó é diferente. Não sei o que eu vi. Talvez tenha sido só o *reflexo* da vovó que tenha ficado preso na cadeira.

— Reflexo?

— Exatamente como uma imagem num DVD, que fica gravada e pode ser reproduzida. Não era a vovó, mas só um reflexo dela.

Robert ficou calado, ele não imaginara a coisa daquele modo. Seria Angelina um reflexo de alguém que vivera havia centenas de anos?

Mas eles tinham conversado! Como é possível uma imagem responder a perguntas?

III

Para o almoço, a mãe tinha preparado almôndegas de peixe ao molho branco. E arroz com *curry*. Robert amava almôndegas de peixe ao molho branco e arroz com curry.

Enquanto abocanhava uma almôndega de peixe, a mãe começou a rir.

— Mas eu não tomo jeito mesmo!

— Eu sei — sorriu Robert.

— Você acredita que eu esqueci de devolver o celular emprestado quando fui apanhar o meu na loja?

— Então agora você pode ligar para ele quando quiser falar consigo mesma.

— Vou dar uma passada lá amanhã de manhã.

— Sabe do que mais, mamãe? — disse Robert, já não aguentando comer nem mais uma almôndega sequer.

— Hum?

— Você já ouviu falar dos Domini Canes?

— *Dominiquem*? É um livro? É um filme?
— Uma ordem monástica.
— Dominicanos, você quer dizer?
— Não, Domini Canes. Significa "Cães do Senhor".
— Jamais ouvi falar.
— Foi um monge dessa ordem que eu encontrei na catacumba.

A mãe parou de mastigar.

— Ele tinha um anel com um símbolo. Uma cruz e um dente canino. Por isso que eu sei.
— Robert...
— Não, é verdade! Pode olhar na internet se quiser!
— Tem muita coisa esquisita na internet. Não significa que tudo seja verdade.
— Uma ordem monástica antiquíssima, mamãe. Falando sério. E sabe qual é o objetivo deles? É...
— Não quero mais falar sobre isso.
— Mas o objetivo deles é ajudar Deus no Juízo Final. A destruição do mundo.
— Agora chega!
— Mas...
— Nem mais uma palavra! Você não acha que aquela Angelina já não foi o suficiente?

IV

A diaconisa Vibeke Willum era uma mulher atarracada e rechonchuda com óculos um pouco grandes demais e um cabelo ruivo intenso. Ela abriu a porta para Robert com um sorriso largo.

— Mas que prazer! — disse ela.

Já na entrada, Robert sentiu o cheiro dos pães doces que tinham acabado de sair do forno.

Eles foram para a sala de estar.

Vibeke estava curiosa para saber mais detalhes sobre o que Robert tinha passado. Ele contou da viagem a Roma e o que tinha ocorrido na catacumba. Sobre Angelina, não disse nada. Ele não queria necessariamente entrar em mais uma discussão sobre o que era ou não real.

— Então quer dizer que você encontrou uma inscrição na parede, de um olho com uma cruz dentro? — perguntou Vibeke Willum.

— Sim — respondeu Robert. — Além disso, achei um peixe. Que também estava gravado na parede.

— Símbolo dos primeiros cristãos, mas isso você já sabe, não é?

— Sim. Você sabe mais alguma coisa sobre o outro símbolo? A cruz dentro do olho?

Vibeke Willum retirou um livro da estante e o abriu onde estava um marcador.

— Seria este o símbolo a que você se refere?

Robert teve que se conter quando viu o desenho:

— É o mesmo símbolo — afirmou ele exibindo a imagem no celular:

— O Olho de Santo Horácio — disse Vibeke Willum assentindo com a cabeça.

Robert sentiu um frêmito, mas não sabia dizer por quê.

O Olho de Santo Horácio...

Horácio? De onde ele conhecia aquele nome?

— O que é o Olho de Santo Horácio?

— Horácio era um romano que viveu no século II. Ele era curtidor, fazia artigos de couro e pele de animais. Enquanto jovem, tomava parte nas multidões que perseguiam cristãos. Mais tarde, porém, converteu-se ao cristianismo. Tornou-se um homem culto e pio e depois foi canonizado e proclamado santo.

— Por quê?

O QUE ROBERT APRENDEU SOBRE OS SANTOS

Um santo é alguém que não apenas viveu em piedade e adoração a Deus mas que, por sua fé e suas ações, era visto como sagrado e mais próximo de Deus do que os demais homens. Depois de morrer, uma pessoa assim pode se tornar santa. Proclamar alguém santo é um costume bastante comum na Igreja Católica, em que existem mais de 10 mil santos. Alguns são santos padroeiros de certos ofícios, outros de animais, alguns de enfermidades. Nas imagens, os santos normalmente têm halos sobre suas cabeças.

— Afirmaram que ele era santo, que era uma espécie de elo entre nós, mortais comuns, e Jesus Cristo.

— Mesmo ele tendo perseguido os cristãos?

— Todos nós carregamos dentro de si a possibilidade de conversão, de abandonar os pecados do passado e nos entregarmos ao pai celestial...

— Fale sobre o símbolo, então! — interrompeu Robert, temendo que Vibeke Willum começasse uma pregação típica daquelas de domingo.

— O símbolo, claro. O Olho de Santo Horácio. Uma cruz dentro de um olho. A marca registrada do curtidor (hoje em dia a chamaríamos de logotipo) era um olho. Esse olho era impresso em todos os couros que ele curtia e trabalhava. Mais tarde, alguém acrescentou uma cruz dentro do olho. Faz uns seiscentos ou setecentos anos que o símbolo passou a ser usado largamente pela Igreja. Mas, por muitos anos durante a Idade Média, o Olho de Santo Horácio representou a sagrada conversão de pecadores em fiéis. A mesma conversão pela qual passou Santo Horácio. Venha, veja só aqui...

Novamente Vibeke Willum foi até a estante e retirou um livro antigo com capa de couro.

— Esta é uma centenária versão grega da antiga obra *De fide ad Gratianum Augustum*, escrita pelo erudito católico Ambrósio de Milão, Santo Ambrósio, no século III. Aqui ele conta a história de Horácio (por sinal, bem antes de Horácio ser consagrado santo) como um relato construtivo e inspirador para ser seguido.

— O que ele diz?

Vibeke Willum apurou a vista.

— Vou ter que traduzir para o norueguês enquanto eu leio, então, tenha paciência se eu demorar um pouco:

Em Roma, naquele tempo, habitava um curtidor que tinha por nome Horácio. Quando jovem, era um opositor ferrenho da doutrina cristã e pertencia a uma turba que regularmente perseguia e massacrava os cristãos romanos. Tudo o que sabemos da vida pregressa de Horácio provém de uma carta que ele escreveu já idoso:

Quando atacamos o convento, as freiras fugiram em todas as direções possíveis. Como ratazanas e camundongos! Junto com um grupo de desordeiros, escolhi perseguir uma pequenina freira que tentava escapar. Empreendemos uma perseguição ruidosa, a brados altos, pelos portões de Roma. Para nós, ela não passava de uma ratazana. Seríamos impiedosos. Por fim, ela fugiu para uma catacumba. Acreditava-se segura lá dentro — protegida pelo escuro, em meio ao odor pútrido dos cadáveres, velando seus irmãos mortos. Nossa ira, porém, não conhecia limites. Encurralamo-la no interior da catacumba. Bloqueamos a entrada construindo uma muralha de pesadas rochas. Dessa forma, a sepultamos naquela escuridão eterna. Aparentemente ela pereceu lá dentro. Não transcorre um único dia sem que eu me envergonhe, nas profundezas da minha alma obscurecida, do odioso pecado que cometemos e do qual eu fui cúmplice. Alguns anos depois, eu me abalei ao fundo da catacumba. E lá inscrevi minha própria marca — um olho — na parede, como uma recordação perene daquela que abandonamos lá dentro. O fato de, mais tarde na vida, eu ter enxergado a luz e me convertido ao cristianismo não alivia de mim o imperdoável mal que eu impingi quando era...

— "... quando era um jovem inconsequente" — concluiu Robert.

— Sim, exatamente — murmurou Vibeke Willum olhando para o texto e em seguida para Robert. — Então quer dizer que você já tinha ouvido esse texto antes?

— Devo ter ouvido, sim. Mas onde e quando, não lembro. A história me parece familiar. Então, devo tê-la lido em algum lugar. E em seguida esquecido tudo.

— Como vimos, Horácio tornou-se um homem pio e temente a Deus que fez o bem — disse Vibeke Willum. — E, muitos anos depois, ele se tornou um santo da Igreja Católica e serve de exemplo de que tudo é possível quando escolhemos trilhar o caminho correto.

— Mas Horácio inscreveu apenas um olho na parede...

— Sim?

— E de onde vem a cruz dentro do olho?

— Você presta atenção nos detalhes, Robert. A cruz certamente foi acrescentada por um cristão tempos depois. Ou talvez Horácio mesmo tenha voltado lá, mais velho.

Dois pensamentos tomaram conta da mente de Robert e fizeram seu coração disparar. Ele arregalou os olhos e ficou imóvel, quase sem piscar.

— Está tudo bem? — perguntou Vibeke Willum preocupada.

— Claro, não é nada — balbuciou Robert. Não era bem verdade. Os pensamentos reviravam-se na sua cabeça como roupas dentro de uma máquina de lavar:

"A jovem freira que ficou aprisionada dentro da catacumba tinha que ser Angelina!"

O pensamento seguinte era ainda mais insuportável:

"Eu sou norueguês", pensou Robert. "Sou um jovem garoto, um *infante*. E a Noruega é a Ultima Thule. Se a antiga profecia estiver certa", concluiu ele, "sim, só pode significar que *eu* sou *o infante da Ultima Thule!*".

Os Cães do Senhor

A ORDEM

Oslo

— Não estamos chegando a lugar nenhum — disse Lucio incomodado.

Ele falava ao telefone com o cardeal; fez um relato ponto a ponto dos acontecimentos dos últimos dias. O acompanhamento dos passos de Robert e sua mãe. O roubo. A vigilância.

A voz do cardeal era calma, mas intranquila.

— Vocês *têm* que achar o amuleto — repetiu ele várias vezes.

— Estamos fazendo todo o possível, cardeal — disse Lucio.

— Não está sendo suficiente, Lucio!

O tom da sua voz tinha adquirido uma expressão sombria.

— Sinto muito.

— Deus não estará em paz até que nós tenhamos tido êxito — continuou o cardeal. — Deus confia em você. Assim como eu confio.

Lucio fechou os olhos.

"Estou traindo a confiança do meu Deus", pensou ele. Não apenas a do cardeal, não apenas a da ordem, mas a de Deus.

Isso não pode jamais ocorrer.

— Às vezes — prosseguiu o cardeal, e novamente sua voz estava mansa e amistosa, da forma como Lucio a conhecia. — Às vezes, temos que fazer aquilo que é necessário. Ainda que não gostemos.

— Necessário, cardeal? — disse Lucio apreensivo.

— Necessário! Em nome de Deus! — bradou o cardeal e pôs fim à conversa.

Lucio ficou sentado olhando para o celular.

"Às vezes, temos que fazer aquilo que é necessário."

"Não decepcionarei ninguém", pensou Lucio. "Farei tudo para termos êxito. Absolutamente tudo."

Capítulo XI

A SESSÃO

Oslo

I

— Isso — disse Svein — é a coisa mais estúpida que eu já ouvi!

A frase foi seguida de uma sonora gargalhada. Robert não disse nada.

Eles estavam a caminho da médium que ajudaria Robert a entrar em contato com Angelina. Ele tinha acabado de falar qual era a sua teoria.

— Será que eu entendi direito? — perguntou Svein assim que parou de rir. — Você acha que você, você *mesmo*, Robert, é o personagem de uma antiga profecia? Que é o elefante da Ultima Thule? Você?

— *Infante*. Não *elefante*. Bem, é... eu... eu não disse que eu *acho*. Eu disse que eu *pensei*... Talvez... Se for verdade...

— Por que logo você, de todas as pessoas do mundo, teria que estar numa profecia de milhares de anos?

— Não... não sei.

— Você percebe o quanto isso soa estúpido?

— Percebo...

— Onde fica a Ultima Thule, aliás?

— Fica aqui. No norte. É a Noruega.

— Sim. Exato. Isso pelo menos é verdade — Svein deu mais uma gargalhada. — *Infante da Ultima Thule.*

— Mas, se Angelina realmente for aquela freira que Santo Horácio perseguiu até a morte e enclausurou na catacumba, então...

— Sim, então você deve ser esse elefante... não, infante — interrompeu Svein. — Robert! Larga disso!

Robert deu um suspiro. Profundo. Svein tinha razão. Parecia um completo delírio.

II

— Vocês devem ser os caçulas da turma!

A médium era uma mulher com idade para ser mãe deles. Ela não parecia nada com a foto publicada no jornal. Lá ela estava vestida como uma rainha cigana. Na vida real, parecia mais uma pedinte de olhos baços e cabelos amarfanhados. Com uma expressão de desdém, ela mediu Robert e Svein da cabeça aos pés pela porta entreaberta.

— Somos muito jovens? OK! — deixou escapar Svein. — Voltaremos a nos ver outro dia. Talvez daqui a alguns anos!

Robert o segurou pelo braço e o puxou de volta.

— Não sabia que havia um limite de idade para conversar com os mortos — disse ele tirando do bolso umas cédulas de dinheiro. A mulher abriu a porta, agarrou o maço de notas e deixou que os dois garotos passassem.

— Nenhuma palavra sobre isso, a ninguém! — advertiu ela com rigor.

Na sala estavam duas outras mulheres que bebiam vinho tinto e assistiam à TV. Elas abriram um sorriso edulcorado para Robert e Svein.

— Li sobre você no *VG*. Ou teria sido no *Dagbladet*? Não me lembro direito o nome do jornal — disse a médium. — Lembrei disso assim que atendi ao seu telefonema. Foi você quem ficou preso dentro da catacumba.

— Sim — confirmou Robert.

— E é por isso que estão aqui?

— Eu... — titubeou ele.

— Não precisa ficar com medo de nos contar as coisas. Nós *sabemos* que nem tudo é como as pessoas pensam.

— Eu encontrei alguém lá dentro.

— Na catacumba?

Ele fez que sim com a cabeça.

— O nome dela era Angelina.

— Angelina. Belo nome.

— Acho que ela era um fantasma.

Mesmo na penumbra, Robert percebeu que as três mulheres se entreolharam.

— E agora você quer entrar em contato com Angelina? — perguntou a médium.

— Se for possível. Nem sei *bem* se ela está *mesmo* morta.

— Tudo é possível. Mas você tem certeza de que é isso que deseja?

— Se não fosse, eu não teria vindo aqui.

— Você sabe o que é uma sessão?

— É uma maneira de conversar com os mortos.

— Certo. Nós, que temos essa capacidade, conseguimos abrir um canal com o reino dos mortos. Por meio dele, podemos perguntar pelos que se foram e intermediar o que têm a dizer aos seus entes queridos, os vivos que habitam a Terra.

— Os mortos não vêm até aqui, não é? Fisicamente? — perguntou Svein. — Eles apenas falam, certo?

— Fique tranquilo — sorriu a médium. — Eles falam por meio de mim.

III

Uma das mulheres desligou a TV, a outra começou a acender uma verdadeira floresta de velas e apagou a luz. A sala ficou banhada pelo brilho das chamas. A médium havia colocado um turbante na cabeça. Todos se sentaram numa mesa redonda e se deram as mãos.

— Agora precisamos fechar os olhos — disse a médium quase cochichando — e nos abrir para os mortos.

Ficaram assim por longos minutos. Robert sentia em cada uma das mãos o ritmo da pulsação das duas mulheres.

Ele não fazia ideia de como seria se abrir para os mortos da forma correta, mas tentou fazer o melhor que podia. Começando por dar um leve pontapé em Svein, que insistia em manter os olhos abertos e não parecia nada confortável sentado ali.

Ao fundo, ouvia-se um discreto e indeterminado ruído. Como se fosse um distante relógio de uma igreja.

A médium estava sentada murmurando algo ininteligível. Palavras que não faziam sentido. Como se falasse em línguas. Sua cabeça se movia em pequenos círculos.

De repente, ela jogou a cabeça para trás.

— *Rrrrrrrrrrrrrrrrrrrrrrrrrrraaaaaaghhh!* — grunhiu ela.

Pelo menos, foi dessa forma que Robert compreendeu.

— *Rrrrrrrrrrrrrrrrrrrrrrrrrrraaaaaaghhh!*

Nem parecia... humano.

Svein arregalou os olhos. Assustado, ele olhou para Robert. Movendo apenas os lábios, tentou dizer uma coisa. Robert não conseguiu compreender, mas achou que era algo como "Vamos dar o fora?".

— *Kghandi cthulhu zhach charehm!* — urrou a médium alto, a plenos pulmões.

— A língua dos mortos — cochichou a mulher à direita de Robert.

Língua dos mortos? E eles tinham uma língua própria?

Robert sentiu a boca seca.

— *Akh allam hahl khtou alh zülloh!*

— Ela entrou em transe — cochichou a mulher.

— Aaaaaaangelina — gritou a médium. — Você está aqui, Angelina? *Angelina zhach mahl aqchi allam!*

Um vento gelado soprou pela sala. As luzes das velas tremularam.

— Angelina, *mazh wahl zhach!*

— Ela está incorporando Angelina — explicou a mulher, num sussurro.

O QUE ROBERT APRENDEU SOBRE FALAR EM LÍNGUAS

Alguns cristãos — como os pentecostais — acreditam no dom da glossolalia, a capacidade de "falar em línguas", ou seja, dizer coisas num idioma incompreensível que consiste de sons estranhos e palavras que não existem. Alguns creem que essa habilidade lhes é dada como uma dádiva de Deus. Outras pessoas da comunidade religiosa conseguem traduzir o que é dito para o idioma local.

— Angelina, espírito do reino dos mortos, *zwaahz cahl zuh*, eu a invoco, Angelina, *alh zülloh cthulhu zhach charehm*, há uma pessoa aqui que deseja falar com você, *zhach mahl aqchi*, apareça, Angelina!

Então, Robert sentiu um vento quente soprar.

— Ela está aqui agora — avisou a médium.

Robert olhou em volta, mas não viu ninguém. Sentiu apenas aquele calor intenso.

— Você pode falar com ela agora — disse a mulher.

— Com Angelina?

— Sim. Ela está aqui.

— Não estou vendo ninguém.

— Ela não está visível. Mas pode falar por meio da sua médium.

Robert olhou para a médium, que estava sentada com a boca semiaberta. Somente seus olhos se mexiam.

— Angelina? — perguntou ele.

A médium retesou o corpo.

— *Sim?* — disse ela num rompante, assumindo uma voz infantil.

— É você, Angelina?

— *Claro que sou eu.*

— Onde você está?

— *No reino dos mortos.*

— E o que você está fazendo aí mesmo?

— *Esperando. Para poder prosseguir.*

— Tenho uma pergunta. Eu sou o infante da Ultima Thule?

Pausa. Svein estremeceu de leve.

— Você está aí, Angelina?

— *Claro. Estou aqui, sim.*

— Eu sou o infante da Ultima Thule?

— *Eh... De onde? Na verdade, eu sei. Sim. Pode ser que sim. Sim. Claro. Deve ser você.*

— Angelina?

— *Sim?*

— Como podemos conversar?

— *Como assim?*

— Em norueguês?

Pausa.

— Quando você aprendeu a falar norueguês, Angelina?

— *Eu não sei falar norueguês.*

— Mas estamos conversando em norueguês agora mesmo.

— *Sim, mas... é porque a médium... traduz... os meus pensamentos... para o norueguês.*

— Você se lembra de que forma nós conversamos?

— *Claro.*

— E como foi?

— *Não enche o saco, Robert.*

IV

— Não era Angelina!

Robert e Svein estavam a caminho de casa. Longe da sessão, longe da médium.

— E quem era então? — perguntou Svein.

— Aquela mulher estava fingindo. Nem eu mesmo sei se ela acreditava no que dizia. Ela só queria pegar o meu dinheiro.

— Como é que você sabe?

— Percebi assim que ela começou a falar norueguês. Norueguês! Angelina jamais falou norueguês. Não conversamos em língua nenhuma.

— E como foi que vocês conversaram então?

— Nós trocamos pensamentos.

— Pensamentos? Como?

— Ah, eu não sei explicar. Só sei que aquela médium fingiu ser Angelina. O tempo inteiro. Quando eu perguntei se era o infante da Ultima Thule, ela não sabia de nada. Mas Angelina teria sabido se eu perguntasse. Aquela mulher inventou tudo.

— Mas fingiu bem fingido mesmo assim. Você não escutou os barulhos. E o vento frio e quente que soprou?

— Claro. Mas pense um pouco. É difícil arrumar algo assim num quarto escuro? Os ruídos deviam ser só um CD. O vento quente e frio pode muito bem ser apenas um ar-condicionado acionado por controle remoto.

— É mesmo — murmurou Svein.

— O mais estranho — disse Robert baixinho — é que eu quase podia sentir que ela estava ali.

— Quem? Angelina?

— Sim. Mas não quando a médium falava. Ela estava blefando. Mas, mesmo assim, eu senti uma espécie de... presença. Sentia que Angelina estava ali conosco.

Svein deu de ombros.

— Robert? *Trust me*[12]. Não era ela!

---

[12] "Acredite em mim", em inglês (N. do E.).

Capítulo XII

A SAGA DE RAGNVALD

Oslo

I

Robert acabara de se despedir de Svein e estava se aproximando das escadas quando o celular tocou.

Era Ingeborg Mykle. Ela estava quase sem fôlego:

— Robert! Achei!

— Achou o quê?

— Estava dentro de uma revista guardada no porão do Arquivo Histórico — prosseguiu ela. — A saga, Robert! A saga! Um pergaminho antigo. A *Saga de Ragnvald* jamais foi levada a sério pelos pesquisadores. Eles achavam que era uma história forjada, uma espécie de fábula. Agora, porém, eu encontrei o pergaminho antigo. O texto. O original da *Saga de Ragnvald*.

Robert ficou estático.

— E o que ele diz?

— Não consegui avançar muito na leitura ainda. A caligrafia é complicada, e foi escrito em norueguês antigo, então, eu levo muito tempo para compreender o que diz. Mas na capa estão os mesmos sinais que sua mãe encontrou no relicário em Borgund: o *ankh*, o *ty* e a cruz.

Robert lembrava-se dos três símbolos:

— E na primeira página — disse ela —, o chefe Ragnvald Dente Azul escreveu algo sobre uma joia que os monges acreditavam pertencer a uma virgem sagrada, mas que estava faltando alguma coisa.

— A joia triangular! — Robert admirou-se.

— Exatamente. Na verdade, ele não escreve nada especificamente sobre Luna. Certamente porque acreditava que tinha atacado Roma. Mesmo assim, o pouco que eu li mostra que Ragnvald e os *vikings* deveriam saber que havia algo muito especial naquela joia.

— Estou quase chegando em casa. Mamãe e eu podemos dar uma passada aí?

— Podem vir! Claro! Posso precisar da ajuda da sua mãe na tradução do texto. Estou no meu escritório no Arquivo Histórico.

— Vamos o mais rápido possível!

II

Robert subiu as escadas correndo. A descoberta de Ingeborg Mykle era um marco. Uma joia que pertencia a uma virgem sagrada...

Ele ficou imóvel novamente.

"Uma virgem sagrada..."

Seu corpo pareceu congelar.

Como é que ele não tinha percebido antes? Como poderia ser tão estúpido? Se ele era o infante da Ultima Thule... Era inacreditável tudo aquilo.

Se ele realmente era o garoto mencionado na antiga profecia...

Se ele era o infante da Ultima Thule...

Se a joia que teve no pescoço era um pedaço da Estrela Sagrada...

Isso só podia significar que...

Claro!

Angelina!

Não era por acaso o fato de que Angelina se encontrava na catacumba! Não era por acaso que estava lá junto com Robert. E não foi por nenhum acaso que ela pendurou a joia no pescoço dele.

Angelina era não apenas a jovem freira que Horácio e sua gangue confinaram na catacumba — aprisionada até morrer.

Angelina também era a intocada e imaculada descendente de Eva. A virgem sagrada.

Angelina era a guardiã da joia.

A antiga profecia se referia a Angelina e Robert!

Robert engoliu em seco: se tinha decifrado a antiga profecia direito, Angelina precisava de ambos os amuletos. Ela precisava deles para salvar a Terra da destruição.

O rapto

*A*astrônoma-chefe Suzy Lee espiava a tela do seu computador enquanto digitava e corria nervosamente a mão pelos cabelos.

— Os novos cálculos estão certos? — perguntou um colega com a voz aflita.

Ela meneou a cabeça positivamente.

— Está comprovado?

Novamente fez que sim.

— O cometa vai se chocar com a Terra?

Ela assentiu.

— Muito grave?

Suzy Lee engoliu em seco, franziu o cenho várias vezes e finalmente disse:

— Os cálculos mostram que o cometa tem 99,9% de probabilidade de atingir a Terra. O tamanho e a velocidade do cometa indicam que o impacto será catastrófico. Toda a vida na Terra será extinta. Quando um asteroide grande assim atingiu a Terra há 65 milhões de anos, os dinossauros foram extintos. O impacto deste cometa será de longe mais severo. Ninguém irá sobreviver. Nem homens nem animais. Não há para onde ir, nem onde se esconder. O cometa vai simplesmente destruir o planeta assim como o conhecemos.

Sua voz falhou. Ela precisou se recompor antes de continuar.

— Isso é a destruição da Terra. Isso é o Juízo Final.

Capítulo I

OS MONGES

Oslo

I

— Mamãe!

Robert descalçou os sapatos e entrou correndo na sala.

— Mamãe, eu descobri...

A primeira coisa que viu foi a mãe, amarrada e amordaçada numa cadeira.

Ele ficou teso.

Mamãe? Com os olhos esbugalhados. Atada à cadeira. Com uma faixa apertando sua boca.

Seus olhos viram, mas seu cérebro se recusava a acompanhar.

Como num filme. Não podia ser verdade.

— M-Mamãe? — gaguejou ele.

Seus olhos, cheios de pavor. Ela sacudia a cabeça, como se quisesse dizer alguma coisa.

Avisá-lo.

"Corra!", era o que gritava seu olhar. "Corra, Robert, corra!"

Nesse instante, ele os viu.

Estavam à espreita. Usavam roupas comuns, mas ele percebeu imediatamente quem eram.

Monges.

Domini Canes!

Os Cães do Senhor!

Ele deu meia-volta bruscamente. Queria correr para a porta, sair pelo corredor, queria gritar por socorro. Os vizinhos iriam abrir as portas imediatamente para ver o que se passava. A polícia estaria no local em poucos minutos.

Mas ele não conseguiu ir tão longe.

Um dos monges estava imediatamente atrás dele. Devia estar esperando escondido no quarto de Robert.

Seu rosto denotava frieza. Não esboçava nenhum sentimento.

II

Os monges os escoltaram para fora do prédio e os colocaram numa van com janelas fumês.

Tanto Robert quanto a mãe estavam amordaçados. As mãos tinham sido colocadas nas costas e presas com tiras de plástico bem resistentes.

Os monges colocaram a mãe no último assento e Robert logo em frente.

Nos assentos de ambos os lados deles, sentou-se um monge.

Um outro os vendou com um cachecol.

"Para não vermos aonde estamos indo", pensou Robert.

Em seguida a van deu a partida.

Ele não sabia dizer por quanto tempo dirigiram. Robert era sacudido para frente e para trás no meio dos monges. Eles dirigiam pela cidade ou já estavam na estrada? Durante os primeiros minutos, ainda na vizinhança, ele tentou se localizar pelas curvas que a van fazia, mas logo perdeu a referência.

Não demorou para ele começar a se sentir tonto com aquele balanço. Tentou pensar em outras coisas, mas o mal-estar não passava. Sua boca se encheu de saliva.

"Não vomite, não vomite", repetia para si mesmo.

Ele começou a dar dentadas na mordaça, tentando parti-la ao meio.

Nenhum dos monges dizia palavra.

O ar recendia a algo estranho. Não era um mau cheiro. Algo diferente. Um odor adocicado. Quase defumado.

"Não vomite, não vomite."

Por fim, a van estacionou. Quanto tempo teriam dirigido? Muito. Impossível saber.

Robert ouviu as portas sendo abertas. Uma lufada de ar fresco. Um monge o segurou e o arrastou para fora do carro. Ele ouviu a mãe gemendo.

Eles foram conduzidos por um descampado. Podiam ouvir o barulho dos passos sobre o cascalho. Os monges os trancaram num quarto que cheirava a mofo. Como se fosse uma adega antiga e úmida. Depois subiram uma enorme escada. Uma corrente gélida os envolveu. Uma porta pesada se abriu.

Então eles pararam.

Estavam totalmente isolados.

Alguém cortou as algemas de plástico e removeu a mordaça e os cachecóis que os vendavam.

III

Eles estavam confinados num antigo porão. Vigas de pedra sustentavam o teto abobadado. O ambiente era de penumbra, iluminado apenas por tochas penduradas nas paredes.

— Robert — sussurrou a mãe —, está tudo bem com você?

Ele não respondeu. O que iria responder?

Ele olhou ao redor. Todos os monges tinham recuado alguns passos e estavam de pé, cabisbaixos.

Um homem saiu da sombra de uma viga.

Robert ficou boquiaberto.

— Robert? — disse a mãe aflita. — O que foi, Robert?

Ele não conseguiu responder. As palavras ficaram entaladas na sua garganta.

"Era ele."

"O monge."

"O monge da catacumba."

Ele não estava vestido com o hábito agora, mas Robert o reconheceu. Os olhos brilhantes. O anel.

O mesmo homem! Robert não tinha dúvidas.

Exatamente como na catacumba, os monges moveram suas mãos da testa para o peito e depois de um ombro ao outro.

O sinal da cruz.

— *Christi crux est mea lux* — disse o monge em voz baixa. — *Ad maiorem Dei gloriam.*

— *Amen* — responderam os outros em uníssono.

O monge deu um passo em direção a Robert.

O QUE ROBERT APRENDEU SOBRE LATIM

Latim era o idioma falada no antigo Império Romano. Embora a língua tenha sido extinta ao longo dos anos, a Igreja Católica e a comunidade científica ainda a utilizam. *Christi crux est mea lux* significa "a cruz de Cristo é minha luz". *Ad maiorem Dei gloriam* significa "para a honra máxima de Deus".

— *Robert...* — disse ele —, nos encontramos novamente.

Ele falava um inglês sofrível, mas Robert não teve problemas para entendê-lo.

— Quem é você? — gritou a mãe. — O que quer conosco?

— Quieta, mulher! — disse o homem rispidamente. — Buscamos vocês porque precisamos da sua ajuda.

— Nos buscaram? — repetiu a mãe, áspera. — Vocês nos raptaram. Nos arrastaram à força! Vocês...

— *Silêncio!* — ordenou o monge, interrompendo-a.

— Quem são vocês?

— São monges Domini Canes, mamãe — explicou Robert. — Cães do Senhor.

Lucio concordou com a cabeça.

— Sabemos que pesquisaram informações sobre nós na internet. Mas como você descobriu a qual ordem pertencemos?

Com um movimento de rosto, Robert olhou para o seu anel. Com a cruz e o canino.

— Impressionante! — concluiu o monge. — Meu nome é Lucio. Sou um humilde serviçal de Deus Pai, Todo-Poderoso, Criador do céu e da Terra. Sou Seu instrumento e Seu escravo.

Nem Robert nem a mãe disseram palavra.

— Precisamos da sua ajuda — continuou o monge. — Vocês certamente sabem por quê.

— Não — disse a mãe.

"Eles estão à procura da joia triangular", pensou Robert.

— Vocês possuem algo que nos pertence — prosseguiu o monge.

— O que é que nós temos que pertence a vocês? — perguntou a mãe sem compreender coisa alguma.

— Não se faça de tola, mulher. Você sabe muito bem o que viemos buscar aqui.

— Vocês não vieram atrás de Robert, vieram?

— Evidentemente você pode continuar fingindo. Vamos conseguir o que queremos no final. Sempre conseguimos.

— O que você quer dizer?

— Temos nossos métodos, que preferimos não empregar. Métodos que têm nos ajudado a atingir nossos objetivos ao longo de centenas de anos.

Robert e a mãe se entreolharam.

— Você sabe de alguma coisa do que ele está falando? — perguntou a mãe.

— A joia — sussurrou Robert.

— O amuleto?

O monge compreendeu.

— O amuleto? Onde está o amuleto?

— Então é isso? Por causa *deles* estamos aqui? Os amuletos? — ela sacudia a cabeça. — Por que vocês simplesmente não perguntaram? Nem Robert nem eu estamos brincando de esconder. Não temos os amuletos, não senhor.

— *Amuletos?*

O monge ficou lívido. Fez-se um completo silêncio no porão.

— Sim? Não é atrás deles que vocês estão?

— Espere! Você disse os *amuletos*?

— Sim.

— No plural? Você está afirmando que existem *dois* amuletos?

— Como não? As duas joias triangulares?

O monge engasgou e deu um passo para trás.

— Onde eles estão? — a frase quase ficou engasgada na sua garganta. — Onde estão os dois amuletos agora?!

Os Cães do Senhor

A REVELAÇÃO

Oslo

Dois amuletos.

Dois!

Louvado seja o Senhor!

Ambos os amuletos? Lucio mal podia acreditar no que acabara de ouvir.

Pai celestial! Não pode ser verdade!

Se a mãe do garoto não estiver mentindo, eles não tinham apenas a joia triangular da catacumba mas também a joia que desaparecera de Luna havia mais de mil anos — aquela roubada pelos *vikings*.

Seria realmente ele, Lucio, o instrumento divino para o cumprimento da antiga profecia? Será que ele retornaria ao mosteiro não apenas com um amuleto, mas com ambos? Repousaria nas suas mãos a capacidade de desencadear o Juízo Final — o sagrado fim dos tempos e o retorno de Jesus para julgar os vivos e os mortos?

Lucio persignou-se.

Estava cada vez mais evidente que ele estava ao lado de ninguém menos do que Nosso Senhor. Que Deus o havia guiado pelo caminho correto. Por que então ele, e não outro, foi enviado ao longínquo Norte? Para a Ultima Thule?

O cardeal — e o próprio Deus — tinha um plano, um propósito, com tudo isso.

Ambos os amuletos!

Agora era só arrancar a resposta do garoto e da sua mãe.

— Onde estão os dois amuletos? — Lucio fitou o rosto de Robert e elevou o tom de voz: — Onde estão os dois amuletos?

— Não estão conosco — garantiu o garoto. — Nós os passamos adiante.

— Você mente!

— Acha que eu sou burro? Por que eu iria mentir? Nós não os guardamos.

— Ele está falando a verdade — afirmou a mãe.

— Então onde estão eles?

— No Oldsaksamling — disse o garoto. Ele mencionou a palavra em norueguês.

— Old... sak... samling?

— Oldsaksamling, o Arquivo Histórico. Faz parte do Museu Histórico da Noruega — explicou a mãe. — É lá que preservamos objetos antigos como esses.

O monge precisou se conter para não demonstrar quão surpreso estava.

— Os amuletos estão sendo exibidos num museu?

— Ainda não. Primeiro estão sendo examinados. Acredito que eles não concluíram o trabalho de pesquisa ainda.

— Podemos ir agora? — perguntou o garoto.

— Não. Vocês não podem ir.

— Por que não?

— Ainda não terminamos com vocês.

Eles colocaram o garoto e sua mãe na traseira da van. Valentino assumiu o volante rumo ao centro de Oslo.

— Para onde vamos? — perguntavam o garoto e a mãe ao mesmo tempo.

— Para onde vocês acham? — resmungou ele, que começava a se irritar.

Que estúpidos! Não sabiam mesmo para onde estavam indo?

O irmão Drago estava sentado atrás, levando seu computador portátil no colo. Nos arquivos da prefeitura de Oslo, ele tinha descoberto plantas antigas do museu.

— A entrada de serviço fica nos fundos — disse ele. — Lá também fica o estacionamento dos funcionários. É perfeito, poderemos trabalhar em paz.

— Alarmes? — perguntou Lucio.

— Naturalmente. Mas de um modelo antigo. O museu não deve ter tido dinheiro para instalar mais modernos. Desligá-los será muito simples.

O Museu Histórico era uma enorme construção de muros amarelos não muito distante do castelo real. "O próprio museu parecia um castelo", pensou Lucio. Um palácio. Fileiras e colunas de janelas arqueadas decorando a fachada majestosa. Imponente.

Eles estacionaram numa das vagas atrás do museu. Dois monges, Alberto e Torre, subiram correndo as escadas para a entrada de serviço. Cada um abriu sua maleta de ferramentas e destrancaram a porta. Um deles acenou para o irmão Drago, que desativou o alarme.

Em seguida, levaram Robert e sua mãe.

Capítulo II

O AMULETO

Oslo

I

Os monges os escoltaram para dentro do museu às escuras.

"Não estão de brincadeira", pensou Robert. Não havia razão para se arriscar por conta de uma velharia como aquela joia.

Robert não tinha dúvidas de que ele e sua mãe fizeram bem em dizer onde estavam as joias. Se não tivessem dito nada, nem imaginava o que os monges poderiam fazer com eles.

Apesar de tudo, eram apenas duas joias antigas...

Os monges empurravam a mãe para que ela lhes mostrasse o caminho certo pelos corredores. Eles se detiveram diante de uma porta com uma placa de identificação:

Era ali para onde os objetos antigos eram levados para que especialistas primeiramente os limpassem e depois os preparassem para durar o maior tempo possível.

— Onde estão os amuletos? — sussurrou o monge que havia se identificado como Lucio.

— Eu não sei — respondeu a mãe. — Não trabalho nesta seção, então não sei onde eles guardam nada por aqui.

Imediatamente os monges se dispersaram e passaram a procurar. Abriram armários e puxaram gavetas, examinaram dentro de caixas e estojos.

Mas nada das joias.

De repente, um som!

Todos ficaram imóveis.

Um vigia? A polícia?

Mais adiante, uma porta se fechou.

Passos ecoaram pelos corredores.

Em seguida, pararam. Bem do outro lado da porta da Oficina de Restauro e Conservação.

— Olá? — era uma voz feminina.

A maçaneta se mexeu. A porta se abriu.

— Tem alguém trabalhando aqui...?

A curadora-chefe Ingeborg Mykle ficou parada na porta, boquiaberta:

— Mas... O... Que... É... Isso?

— Ingeborg! — gritou a mãe de Robert. — O que você está fazendo aqui a essa hora?

Demorou alguns segundos para Ingeborg reconhecer Robert e sua mãe.

— Estava pesquisando uns manuscritos antigos a pedido de Robert e descobri a relação que une o chefe Ragnvald à cidade de Luna. Mas o que vocês estão fazendo aqui? Agora? O que está acontecendo? Quem são esses homens?

— Eles estão procurando as joias — disse Robert.

— Calado! — gritou Lucio. — Onde estão os amuletos.

— Amuletos? — perguntou Ingeborg Mykle sem entender nada. — Ah, você está se referindo às joias triangulares?

— Onde? — gritou Lucio.

Ela percebeu que não tinha escolha. Guiou-os pelos corredores desde a Oficina de Restauro e Conservação, que já tinham vasculhado inteira, até uma sala cuja porta era identificada com uma placa:

Ela liberou a porta utilizando seu crachá e acendeu as luzes.

— Aqui — disse ela caminhando determinada ao encontro de um gaveteiro largo. Abriu a gaveta e tirou de lá uma caixa de papelão, que colocou numa mesa no meio da sala.

— Aqui — conduziu ela novamente, levantando a tampa.

E lá estava, envolta em papel de seda:

Lucio tomou-a na mão e a ergueu contra a luz.

— *Gratias tibi, Deus!*[13] — sussurrou ele. — E o outro amuleto? Onde está?

---

[13] "Obrigado, meu Deus!", em latim (N. do E.).

— O outro? — titubeou Ingeborg Mykle. — Não está aqui.

— Onde está? — insistiu Lucio.

— Foi enviado de volta a Borgund, onde foi encontrado. Está em cartaz numa exposição histórica que acabou de ser inaugurada no centro turístico ao lado da igreja de madeira. A joia triangular é uma das principais atrações dessa exposição.

Os Cães do Senhor

OS PLANOS

Oslo

Igreja de madeira de Borgund...

Lucio não gostava de igrejas de madeira. Elas certamente tinham sido erguidas em honra a Deus, mas a herética åsatro, a antiga religião dos *vikings*, continuava impregnada nelas. Como se Odin e seu panteão de deuses não quisessem ceder o lugar a Jesus Cristo. Havia uma atmosfera selvagem e incômoda naquelas igrejas de madeira, ele achava. Um quê misterioso e assustador. Elas mais pareciam templos de adoração ao demônio.

Junto com o irmão Drago, Lucio pesquisou no Google Earth onde ficava Borgund. A igreja de madeira localizava-se no oeste da Noruega. A quatro ou cinco horas de carro de Oslo. Lucio consultou o relógio.

— Podemos chegar lá amanhã de manhã, no horário de abertura da exposição — avisou ele.

— E o que faremos...? — disse Drago inclinando a cabeça na direção dos três reféns.

— O garoto levamos conosco. Ele pode ser útil.

— Como queira.

— Quero que você e o irmão Torre instalem uma base de operações no quarto do hotel. Precisamos de canais de comunicação livres caso surja alguma eventualidade.

— Certamente. E as duas mulheres?

— Cuide delas até que a operação seja concluída.

— E depois?

— Depois... veremos que fim daremos a elas.

Capítulo III

A IGREJA DE MADEIRA

Borgund – Oslo

I

Uma silhueta escura e imponente contrastava com o nascer do sol. A igreja de madeira de Borgund. Robert esfregou os olhos e olhou para fora enquanto Valentino estacionava ao lado e desligava o motor. A distância se ouvia o latido de um cachorro.

Eles tinham dirigido a noite inteira. Continuavam reféns. Robert estava dolorido. Com medo e cansado. Seu estômago revirava. O que os monges estariam aprontando, afinal? Obviamente eles tentariam roubar a outra joia da exposição. Será que não tinham ouvido falar do sétimo mandamento? *Não roubarás.* Eles não o levavam muito a sério. Nem tampouco os outros mandamentos, pelo que se viu até agora.

Novamente ele deu uma espiadela na igreja de madeira. Como animais selvagens, espumando na boca, as cabeças de dragão no telhado superior pareciam rugir para o céu cor de sangue.

A mãe de Robert tinha ficado em Oslo junto com Ingeborg Mykle e dois dos monges. Robert não fazia ideia de como estariam. Ele estava angustiado. "Eles não iriam machucar a mamãe..." Será?

II

"Preciso avisar à polícia."

A mãe de Robert respirava ofegante. Tinha sido levada para um quarto de hotel juntamente com Ingeborg Mykle. As duas estavam amarradas, cada qual numa cadeira. As pernas estavam presas às pernas da cadeira. Uma corda as prendia na cintura, mas os braços felizmente estavam livres.

Dois monges as vigiavam. Um estava debruçado sobre um *laptop*. O outro ficava olhando pela janela. Montando guarda.

Os demais monges tinham levado Robert. Iriam de carro a Borgund para roubar a outra joia.

"Meu Deus, não permita que maltratem meu filho."

Carregando pistolas escondidas, os monges conseguiram fazê-las passar pela recepção do hotel. Ninguém sequer notou a presença deles. Eles pegaram o elevador para o quarto andar e entraram no quarto onde funcionava um quartel de operações. Computadores, equipamentos de comunicação, mapas, manuais. Lá ambas foram revistadas. Como se os monges achassem que as norueguesas costumam sair por aí portando armas. Eles haviam descoberto o celular que ela tinha no bolso. O outro, porém — que pegara emprestado da loja e esquecera de devolver —, não foi descoberto. Certamente não cogitaram que alguém andaria com dois celulares.

Se ela conseguisse alcançá-lo poderia acionar a polícia!

III

A exposição histórica estava localizada no moderno centro turístico, bem próximo à igreja de madeira. A exposição, marcada para ser aberta às dez horas, havia acabado de abrir as portas. Quatro monges — junto com Robert — saíram da van e se deslocaram para o centro turístico. Robert caminhava na frente e os monges o empurravam logo atrás.

— Turistas cedo assim? — comentou uma senhora atrás do balcão. Ela viu Robert e os quatro monges, que vestiam camisetas e calças jeans, e deu um sorriso forçado. Como se tivesse percebido alguma coisa de errado ali, embora não soubesse o quê.

A joia triangular e várias outras descobertas arqueológicas tinham sido colocadas em mostruários de vidro. A equipe de historiadores do local conseguira organizar uma coleção de instrumentos, armamentos, broches, pentes, moedas romanas e joias.

Cada mostruário continha uma breve descrição em norueguês, inglês, alemão e francês.

— Lucio! — bradou um dos monges apontando para um mostruário colocado sobre uma plataforma no meio do espaço.

A joia triangular estava disposta sobre uma plataforma inclinada. Numa placa lia-se:

JOIA TRIANGULAR
(IDADE DESCONHECIDA — TALVEZ **1.900-2.200** ANOS?)
DESCOBERTA DURANTE AS ESCAVAÇÕES PRÓXIMAS À IGREJA DE MADEIRA DE BORGUND NO INÍCIO DESTE ANO. FOI ENCONTRADA JUNTO COM MOEDAS ROMANAS DO SÉCULO II E UM MAPA. A JOIA FOI PROVAVELMENTE PRODUTO DE SAQUE FEITO POR *VIKINGS* E DATA DA ÉPOCA DO IMPÉRIO ROMANO (27 A.C — 476 D.C.).

Lucio caminhou a passos firmes para o mostruário e tentou levantar o tampo de vidro. Ele não se moveu.

— Desculpe — gritou a mulher atrás do balcão —, não é permitido...

Ela interrompeu a fala. Como se tivesse se dado conta de que nada do que ela dissesse ou fizesse adiantaria.

Nervoso, Lucio tentou sacudir o pesado mostruário da exposição.

Robert e a mulher atrás do balcão se entreolharam.

Ambos engoliram em seco.

Um dos monges foi até a mulher e ficou parado na sua frente — com as pernas e os braços bem abertos, para impedi-la imediatamente caso ela tentasse fazer alguma coisa. No entanto, ela permaneceu imóvel atrás do balcão.

— *Chiave*[14]! — gritou um monge em italiano. — *Key!* — traduziu ele para o inglês. — *Now*[15]!

— Estão pedindo a chave — disse Robert.

— A chave? — perguntou a mulher atrás do balcão.

— Do mostruário.

— Eles não podem...

— Acho melhor dar a chave a eles.

— *Key!* — berrou o monge. — *Key! Now!*

A mulher abriu uma gaveta, abaixou-se atrás do balcão e saiu com um molho de chaves. Com as mãos trêmulas, ela o entregou ao monge mais próximo. Ele imediatamente o levou para Lucio, que não tardou a encontrar a chave certa e abrir o mostruário de vidro.

IV

O delegado tinha acabado de preparar a primeira xícara de café do dia quando o telefone tocou. A central de polícia local havia recebido uma notificação de alarme silencioso do centro turístico vizinho à igreja de madeira de Borgund. Um alarme silencioso é aquele que é acionado sem que os ladrões percebam.

---

[14] "Chave", em italiano (N. do E.).
[15] "Agora", em inglês (N. do E.).

O delegado franziu a testa. Centro turístico da igreja de madeira? O que havia para roubar por ali? Às dez da manhã? O dinheiro não ficava guardado lá e nos mostruários da exibição arqueológica não havia nada com valor de mercado. O alarme fora instalado apenas para prevenir vandalismos.

Ele conferiu o relógio. Dez e oito. Dirigir até a igreja levaria entre vinte e cinco e trinta minutos. Em menos de quinze minutos, se ele ligasse o giroscópio e as sirenes. No entanto, um alarme silencioso de manhã deveria ser falso. Um engano. Ele precisaria partir imediatamente, mas, para não perder a viagem, decidiu ligar para o centro turístico e verificar o que tinha acontecido.

V

Lentamente, demorando uma eternidade, a mãe de Robert enfiou a mão no bolso interno da jaqueta. Lá dentro estava o telefone celular que os monges não tinham descoberto. Ela deslizou a mão e conseguiu prender o aparelho com os dedos. Um iPhone bem fino.

Claro que o teclado era bloqueado por código. Mas ela sabia que era possível fazer chamadas de emergência sem precisar desbloquear o teclado, apenas clicando no canto esquerdo da parte inferior.

Sem desviar o olhar dos dois monges, ela foi trazendo a mão de volta. Um dos monges continuava debruçado no *laptop*. O outro estava sentado lendo a *Bíblia*.

Ela rapidamente olhou para o aparelho e o ligou. Abaixou o volume no botão superior à esquerda.

BLOQUEADO.

Com o polegar, ela deslizou a tela do iPhone para a direita.

DIGITE O CÓDIGO.

Mas não era preciso. Ela pressionou o botão de emergência.

Um teclado surgiu na tela.

Ela alternava o olhar entre o monge no *laptop* e o outro, com a *Bíblia*. Este, como se percebesse que estava sendo observado, de repente levantou a cabeça. Ela congelou. Ele, porém, não se deu conta de que ela segurava um celular debaixo da coxa.

Ele retomou a leitura da *Bíblia*.

Ela baixou a cabeça. Deslizou o dedo para a parte esquerda da tela.

1

Esperou um segundo, depois tocou no teclado novamente.

9

Ela prendeu a respiração. Os monges não perceberam nada. Mais um toque no teclado.

0

Pronto. Era isso:

190

O número de emergência da polícia.

A questão agora era se a ligação tinha sido completada. Ela não podia levar o celular ao ouvido. Era preciso arriscar a sorte e esperar que um policial a ouvisse do outro lado da linha.

— *Please!* — gritou ela. — *Por favor!*

Os dois monges a olharam. Sem compreender nada.

— *Why are you holding us hostages?* — disse ela bem alto. — *Por que vocês estão nos mantendo reféns?*

Claro que não era com os monges que ela estava falando, mas com a polícia. Ela precisava agir de forma que os monges não percebessem o que realmente estava fazendo.

Nenhum dos monges respondeu. Eles limitaram-se a olhar com uma expressão de curiosidade no rosto.

— *Why?*[16] — perguntou ela quase gritando. Ela fingia estar desesperada. Ela estava desesperada.

— *Quiet!* — disse um monge. — *Fique quieta!*

— *I don't understand*[17] — continuou ela. — *Why are we here?*[18] — ela mencionou o nome do hotel e o número do quarto, bem alto e claro. — *Why have you kidnapped us?*[19]

— *Be quiet!*[20] — gritou de volta o monge.

— Robert! O meu filho! — continuou ela, bem alto. — Por que vocês levaram meu filho para a igreja de madeira de Borgund?

— *SHUT UP!*[21] — urrou o monge.

VI

Ninguém atende no centro turístico. O delegado deu um suspiro. Ele não tinha mais escolha. Repuxou as calças e achou que realmente deveria ir até lá verificar o que se passava. Na verdade, tinha muito o que fazer além de se abalar numa viagem à toa para Borgund, mas um alarme era um alarme. Ele tinha conhecimento de que uma patrulha se encontrava em algum lugar nas proximidades de Borgund, mas não queria incomodá-los. Eles tinham mais o que fazer do que investigar alarmes falsos.

Já estava quase na porta quando tocou o telefone.

Aquele dia estava prometendo...

Era um telefonema da central de operações da polícia de Oslo. O esquadrão de resgate estava a caminho de um possível sequestro num hotel

---

[16] "Por quê?", em inglês (N. do E.).
[17] "Eu não entendo", em inglês (N. do E.).
[18] "Por que nós estamos aqui?", em inglês (N. do E.).
[19] "Por que você nos sequestrou?", em inglês (N. do E.).
[20] "Fique quieta", em inglês (N. do E.).
[21] "Cale a boca", em inglês (N. do E.).

em Oslo, informou o comandante da operação. Pelo telefone, um dos reféns avisou de um possível rapto ou sequestro na igreja de madeira de Borgund. Segundo a pessoa que telefonou, era o seu filho que tinha sido levado. Forças policiais de todos os distritos próximos estavam sendo convocadas. O delegado deveria convocar todo o pessoal que estivesse disponível para investigar o caso.

VII

Cerimoniosamente, o monge Lucio ergueu a joia reluzente.
Os outros balbuciaram algo incompreensível. Muitos se persignaram.
— *Ave Maria!* — bradou Lucio
— *Aleluia!* — responderam os monges.
"Agora eles têm as duas joias", pensou Robert. Ele não sabia exatamente o que isso implicaria, mas ele estava consciente de que não tardaria muito para o Dia do Juízo Final.
Todavia esse dia não seria hoje.
Lucio enfiou o suporte onde estava a joia dentro da camisa e acenou para os outros que permaneciam lá fora. Em disparada, eles deixaram o centro turístico enquanto um grupo de turistas japoneses tentava entrar. Robert saiu quase carregado por dois monges.
Eles se jogaram dentro da van, que acelerou a toda velocidade, deixando para trás a igreja de madeira e o centro turístico rumo a Oslo.

"Estranho", pensou Robert, "como todo mundo continuava a viver normalmente, como se nada tivesse acontecido."

Eles passaram por um ponto de ônibus e pelos remanescentes de uma antiga fazenda de laticínios. Mais atrás, num capinzal, um trator tentava engatar o reboque cheio de terra. Algumas vacas mugiam pelo pasto.

"Para todos eles, a vida segue inalterada", pensou Robert. "Eles não têm medo. Eles vão continuar fazendo as coisas de sempre, as mesmas que fizeram ontem."

Eles passaram por um *trailer* de *camping*. "Estamos indo rápido demais", Robert percebeu. Pelo menos a cento e cinquenta quilômetros por hora. Mais adiante, numa pequena lombada no meio da pista, tiveram que parar para não colidir na traseira de um caminhão. Na contramão, surgiu de repente um furgão dos correios. Ele piscou os faróis. Valentino puxou a direção para o lado e por pouco não atingiu o caminhão. O furgão buzinou freneticamente.

Ninguém disse nada.

Robert estava tão apavorado que seu medo deu lugar a uma indiferença. "Vamos logo sofrer um acidente e morrer", pensou ele, "e assim pôr um ponto final nisso tudo."

À direita deles, havia um lago, enorme e escuro. Nenhum movimento: a superfície inteiramente lisa.

Valentino olhou nervoso para o retrovisor. Fez uma curva. Acelerou ainda mais. Robert virou-se e olhou para trás.

A centenas de metros atrás, uma luz azul piscava.

A polícia!

VIII

No quarto do hotel em Oslo, a mãe de Robert estava prestes a perder as esperanças.

Nada tinha acontecido.

Pelo que parecia, a chamada para o 190 tinha sido em vão. Talvez eles não tivessem ouvido nada, mesmo com seus gritos.

Talvez eles tenham achado que tudo não passava de uma piada de mau gosto.

IX

O coração de Robert estava a mil.

Numa velocidade absurda, a van ultrapassou dois carros e um caminhão. Mais adiante, foi a vez de uma motocicleta com um *sidecar*.

A visão da polícia acendera uma esperança em Robert. E, com a esperança, o medo também voltou.

Depois de um ou dois quilômetros, o carro da polícia chegou bem próximo. Robert já conseguia enxergar os rostos dos policiais. As luzes dos giroscópios brilhavam como *flashes* de fotografia. A sirene uivava.

Valentino jogou a van bem rente a um furgão na entrada de uma curva. O motorista do furgão não percebeu e não permitiu a ultrapassagem do carro da polícia. Com isso, eles ganharam algumas centenas de metros de vantagem. No fim de uma curva bem longa, eles entraram numa estrada carroçável.

Robert escutou as sirenes do carro da polícia seguindo em frente pela pista principal.

Capítulo IV

A FUGA

Borgund – Oslo

I

Lá eles ficaram parados por um ou dois minutos enquanto o monge Lucio conversava com alguém pelo celular. Em seguida, ele deu novas instruções ao motorista. Valentino deu meia-volta e atravessou a pista por onde tinham vindo. Eles viraram à esquerda e cruzaram uma ponte. De fato, a polícia esperava emboscá-los mais adiante na pista principal.

Ao longo de vários quilômetros, eles prosseguiram por aquela estrada estreita na direção sul. Ou leste. Robert não tinha certeza. Esporadicamente, cruzavam com um ou outro carro, mas nada da polícia. A paisagem era toda em tons de verde. Campos e florestas. Fazendas e charcos. Agora eles dirigiam mais devagar. A toda hora os monges tentavam encontrar algum sinal da polícia. Mas tinham definitivamente escapado.

Depois de mais dez ou quinze minutos, voltaram a se aproximar da pista principal. Segundo o GPS, não havia rotas alternativas além daquela. Alguns quilômetros mais ao sul, eles poderiam escolher se desejavam seguir para Oslo cruzando as montanhas ou margeando as cidades da costa leste. Na dúvida, Valentino pegou a pista principal. Ainda sem nenhum sinal da polícia, ele acelerou. Era impossível saber se o carro da polícia tinha seguido em frente ou dado meia-volta. Mas eles não tinham escolha. Robert tinha ciência disso. Se quisessem voltar para Oslo, precisariam rumar para leste exatamente por aquela estrada. O trânsito estava fluindo bem e eles podiam viajar a uma velocidade alta. Quando olhou para o velocímetro, Robert viu o ponteiro marcar cento e quarenta quilômetros por hora.

II

Alguém bateu discretamente à porta do quarto de hotel em Oslo e a abriu parcialmente apenas, por causa da corrente de segurança. Uma camareira se anunciou:

— *Excuse me, you asked for fresh towels?* — perguntou ela. — *Desculpe-me, os senhores pediram toalhas limpas?*

Os dois monges ficaram de pé. Um deles estava a ponto de dizer alguma coisa, mas neste instante algo foi arremessado pelo vão da porta. A mãe de Robert não viu exatamente o que era. Logo depois houve uma grande explosão. Um clarão tomou conta do ambiente. Uma granada de efeito moral! A porta foi arrombada; policiais armados invadiram o quarto. Eles se atiraram sobre os dois monges e os derrubaram no chão.

Assim que os imobilizaram com algemas, os policiais voltaram sua atenção aos reféns.

— Eles sequestraram o meu filho! — gritou a mãe de Robert. — Eles foram para a igreja de madeira de Borgund para roubar uma joia.

— Nós já mobilizamos o delegado e nossas forças estão neste instante a caminho do local num helicóptero — um policial a tranquilizou.

— Robert só tem 14 anos.

— Tudo vai ficar bem.

III

Bruscamente o motorista pisou no freio. Robert foi lançado para frente. Sentiu o puxão do cinto de segurança machucar seu peito e seu ombro.

Desesperado, tentou ver o que se passava. Mais ao longe, havia uma barreira policial. Dois carros de polícia com luzes piscando estavam estacionados em ambas as pistas formando uma espécie de funil. Policiais uniformizados controlavam os carros que transitavam.

Os monges começaram a discutir em voz alta. A van ficou parada. Em seguida, Valentino deu marcha a ré e desviou para a faixa em sentido contrário para não bater nos carros atrás dele. Continuou até quase encostar num ponto de ônibus.

Em velocidade máxima, a van rompeu a barreira policial. Robert se virou e olhou para trás. Dois carros de polícia vinham em perseguição. Como lobos famintos.

O velocímetro marcava cento e oitenta quilômetros por hora. Mais rápido do que isso a van não conseguia ir. Porém, era mais do que suficiente. Naquela estrada estreita e cheia de curvas, a sensação era de estar a bordo de um avião a jato.

Do lado esquerdo da pista: barreiras de proteção. Do lado direito: a escarpa de pedra da montanha.

Capítulo V

O ACIDENTE

Borgund – Oslo

I

Bem antes de pegarem a estrada, Robert intuiu que tudo isso acabaria mal. Terrivelmente mal.

Eles percorreram mais alguns quilômetros e foi quando o motorista Valentino resolveu entrar numa estrada secundária, paralela a um rio, na esperança de escapar da polícia novamente. A estrada era muito mais estreita que a pista principal. Apenas um pouco mais larga que uma estrada carroçável. Continuavam indo rápido demais. As curvas eram muito fechadas.

O acidente foi numa curva à direita. O pneu dianteiro escorregou para fora do asfalto. Valentino não conseguiu retomar o controle. Robert tentou se agarrar onde pôde: o cinto de segurança.

"Vamos bater", foi tudo o que conseguiu perceber.

O pneu passou por cima de uma pedra que impulsionou a van pelos ares. Ao tocar novamente o chão, já totalmente desgovernada, ela começou a deslizar pela grama de um barranco. No sopé do barranco, uma cachoeira, de águas espumantes.

Valentino tentou firmar a direção e voltar para a estrada, mas suas manobras desesperadas só pioraram a situação. Robert prendeu o fôlego. A van resvalou numa árvore que a deixou paralela ao barranco.

Parecia uma montanha-russa. Um carrossel que girava muito, muito rápido.

Por fim eles esbarraram numa rocha que fez a van tombar para o lado. Robert sentiu um profundo vazio no estômago. Tudo girava na sua cabeça. Sem parar.

A van capotou pela colina abaixo. As janelas estilhaçaram-se. Robert bateu a cabeça no teto. Não sentiu dor, em nenhum momento. Reparou, porém, que estava sangrando por um corte aberto na cabeça. Tudo era uma questão de se manter agarrado bem firme.

A van rolava...

... rolava...

... rolava...

... descendo a colina. Totalmente destruída, quase irreconhecível. Uma massa de metal retorcido e cacos de vidro.

Finalmente varou a margem e afundou no rio.

II

Em Oslo, a polícia libertou as duas mulheres das cadeiras às quais estavam amarradas. Os monges já tinham sido levados do quarto para dentro dos carros da polícia.

O comandante dos policiais foi avisado por rádio.

— A polícia localizou a van — disse ele à mãe de Robert. — Eles estão tentando detê-los agora.

— Meu Deus! Ela pegou o celular, suas mãos tremendo bastante enquanto tentava ligar para o número de Robert.

Caiu direto na caixa-postal.

— Robert! — gritou ela desesperada.

III

"Onde estou?"

Água...

Água?

Água!

Por todos os lugares! Água! Água congelante!

Robert encheu os pulmões de ar e fechou os olhos. A água, fria como gelo, invadiu o interior da van. Robert engasgou-se tentando respirar. Engoliu água. Tossiu. Debateu-se. Ele precisava libertar-se do cinto e ficar em pé, com a cabeça fora da água.

A van foi parar dentro da água, bem no meio do leito do rio. Pneus, chassi e boa parte da carroceria estavam submersos pela corrente.

Cada vez que conseguia alcançar a fivela do cinto, sua cabeça submergia. Ele tentou prender a respiração. Num esforço extremo, enfiou-se novamente debaixo d'água. Inalando água e ar de uma só vez.

Nesse momento, ele viu as duas joias triangulares bem à sua frente.

Tanto aquela do relicário da igreja de madeira de Borgund como a que estava no seu pescoço quando ele saiu da catacumba.

Lucio as tinha largado durante o capotamento.

Robert agarrou ambas as joias.

Ao redor dele, os monges gritavam e se debatiam tentando escapar. Cada um por si.

"Preciso me livrar do cinto de segurança!"

Mas onde estava o botão da fivela? Para encontrá-lo, ele precisava correr as mãos pelo cinto e mergulhar de cabeça na água.

Ele encheu o pulmão o quanto pôde e saiu tateando para encontrar uma maneira de desprender-se do cinto. Era para ser muito simples. Um botão vermelho. Um polegar. Claque! Um movimento que já havia feito milhares de vezes, mas jamais debaixo d'água. Jamais com os dedos dormentes de frio. Jamais segurando duas joias numa mão. Jamais com a cabeça submersa na água congelante.

"Escapar! Preciso escapar!"

No entanto, foi obrigado a desistir. Continuou segurando o cinto e levantou a cabeça para fora d'água. Ofegante, buscando o ar. Tossindo. Suas mãos tremiam na água gelada. Mal conseguia sentir os dedos.

"Preciso sair da van! Preciso sair!"

Ele encheu novamente os pulmões de ar e deixou a cabeça submergir enquanto tateava tentando achar o botão. O botão vermelho. Era só apertá-lo levemente — um movimento simples — e se ver livre. "Onde está o botão?"

"ONDE ESTÁ ELE?"

IV

Robert
Um sussurro...

Submerso ele arregalou bem os olhos. Não viu nada, somente a espuma da correnteza fluindo.

"??? onde ???"
"??? eu ???"
"??? estou ???"

Robert!

A voz. Aquela voz na sua cabeça.
Uma voz que ele já tinha ouvido antes.
Você precisa respirar, Robert. Ponha a cabeça para fora d'água.
"Mamãe?"
Ele agarrou o cinto e o tracionou para conseguir tirar a cabeça de dentro d'água. Engasgou e tossiu.
— Mamãe? — berrou ele.

Por um instante, ele apagou. Tudo ficou escuro, uma sensação deliciosa de pleno prazer. Ao retomar repentinamente os sentidos foi que ele percebeu. Não foi a mãe quem o chamou.
Foi Angelina.
"Angelina?"
Ele viu a silhueta difusa de duas mãos na sua frente.
As joias tinham desaparecido!
O que aconteceu com elas?
Ele tinha acabado de pegá-las.
E agora elas haviam sumido.
Ele tinha perdido as joias.
— Angelina? — gritou Robert com a boca cheia de água.

E então, de repente, algo aconteceu. Robert não soube direito o quê. Uma enorme sensação de paz se abateu sobre ele. Não tinha mais medo. O frio intenso se fora. O que sentia agora era calor. Um calor confortável. E se sentia seguro.

Finalmente ele compreendeu. "Assim", pensou ele, "é a sensação de morrer."

Não era nada demais. Não era ruim. Agora ele percebia. Morrer era entregar-se à tranquilidade, à paz, à escuridão.

À eternidade.

Seus olhos voltaram a brilhar.

Ele está numa cidade,

        ele não sabe onde,

                ele não sabe quando,

mas ele percebe que faz muito tempo. O sol brilha intenso no céu, faz um calor escaldante, e ele procurou abrigo na sombra de um pórtico. Ao seu redor, ele ouve pessoas conversando numa língua estranha, mas mais estranho é que ele entende o que dizem. De repente, dois jovens passam correndo pelo pórtico, dois ladrões, gritando por dinheiro, um deles brandindo uma adaga. "Eu não tenho dinheiro", ele grita, mas eles dizem que ele mente. E é verdade, eles dizem que o viram com o mercador, mas ele continua a mentir; ele não quer lhes dar o seu dinheiro, é com ele que irá manter a família no ano seguinte. Então ele sente que o homem enfia-lhe a adaga na barriga. Ele não sente dor nenhuma, mas percebe que seu traje fica úmido e, quando olha para baixo, o vê tingido de um vermelho sangue, e um dos homens agarra o saco de couro cheio de moedas que pendia do seu cinto, debaixo da túnica, e o jovem o arranca dali. Seus joelhos cedem. Ele ajoelha-se sobre o próprio sangue e os dois homens saem dali correndo, para bem longe do pórtico. "Estou morrendo", pensa ele, e, no instante

                        seguinte,

                                            ele está num campo de batalha, ele é um soldado, sua armadura é pesada. Rufam tambores, e ele empunha uma espada contra um inimigo que não consegue enxergar, mas, no meio daquela agitação, percebe que não tem chance, pois atrás de si um cavaleiro brande um machado. Ele consegue se virar, mas o machado parte sua cabeça ao meio, e,
em seguida,

                        ele já está num navio, um barco viking *que tenta vencer as ondas numa tempestade. Ele grita, as palavras sucumbem ao vento, e no instante seguinte irrompe uma enorme onda no convés e leva consigo o mastro. O navio aderna e ele se debate nas águas revoltas e geladas do mar, submergindo,*
mais fundo,

                    cada vez mais fundo,

                                  imerso na quietude, a quietude sem fim — a própria quietude do Universo, a quietude entre as estrelas. Ele é uno com a poeira estelar e com a quietude da luz e da escuridão, mas então, repentinamente, aquela quietude explode num ruído, um barulho, um estrondo,
que reverbera,

                    que grita,

                                  e ele está numa cidade, uma cidade antiga, muito tempo atrás. Ele é Horácio, ele é o romano Horácio, curtidor por profissão, e ele corre, na companhia de uma turba de homens revoltados. Ele corre pelas ruas, eles perseguem uma louca, uma bruxa, uma freira cristã, uma idólatra. Ele passa ao lado do Coliseu, onde costuma se divertir nas tribunas, mas agora corre ao largo. Onde está ela? Ele sente o gosto de sangue brotando na boca, seu corpo está faminto por sangue. Um pedaço do seu ser protesta, ela é apenas uma jovem garota, mas a ira divina está nele, como uma obsessão, e ele continua a caçada... sem cessar. Onde estará a ratazana? Eles percorrem a cidade ansiosos. "Na catacumba", grita um dos perseguidores. E, no próximo

instante, eles inundam os corredores escuros, nas profundezas do chão, onde os idólatras deixam seus mortos apodrecerem para o festim de ratos e insetos, que fedor! Ela fugiu para as sombras, abrigou-se na escuridão, mas eles riem, pois sabem que a ludibriaram. Logo ele estará transportando pedras; juntos eles empilham pedra sobre pedra; ele as recebe e passa adiante, cada uma delas, e então eles riem cada vez mais. Agora ela pode apodrecer junto com os mortos. E então eles terminam, bloquearam todo o túnel com suas pedras, sepultando a luz do dia e o ar fresco. Eles riem cruelmente, ela teve o que merecia, honrado seja Júpiter, o rei dos deuses,
honrado seja Plutão,

o rei do submundo,

o deus dos mortos.

VI

E então: o nada.
Somente a escuridão.

Capítulo VI

O HOSPITAL

Oslo

I

Mas Robert não estava morto. Ele estava deitado num leito de hospital. Lentamente, muito lentamente, conseguiu abrir os olhos.

"Onde..."

A sensação de acordar era semelhante à de tentar escapar de um poço cheio de areia movediça.

"Onde... é..."

As imagens do acidente surgiram como *flashes* na sua mente. Retratos, breves instantes:

"Corrente de água. Gélida. Mortal. Uma voz: 'Você precisa respirar, Robert!' Seus olhos se fecham. Então ele a reconhece. A mão. Uma mão macia conduzindo-o até alcançar a fivela do cinto de segurança."

Robert piscou os olhos.

"Onde... é... que... eu... estou?"

Ele olhou em volta. Identificou sua mãe. "Mamãe? O que faz ela aqui?" Tentou acordar, tentou compreender. "Onde estou?"

— Robert! — sua mãe deixou escapar saltando da cadeira. Ela acariciou suas bochechas. — Como você está?

— B... bem...?

— Você se lembra de alguma coisa?

— O acidente... — balbuciou ele. — Onde é que eu estou?

— Você está no hospital, foi transportado de helicóptero até Oslo. Você estava com hipotermia severa, quase congelando. Mas vai ficar tudo bem. Eles querem que você fique em observação. Só por garantia.

— Os monges?

— Estão sãos e salvos. A polícia os capturou. Todos. Eles vão ter que responder a muitas perguntas.

— E as joias?

Ela suspirou e deu de ombros.

— Não se incomode com elas.

"Onde estão elas?"

— Não estavam nas ferragens. Nenhum monge estava com elas. A polícia fez uma busca. Tanto no rio quanto ao longo da margem.

— Mas...

— As joias sumiram, Robert. Talvez tenham sido carregadas pela correnteza. O mais importante é que está tudo bem com você!

II

Noite. As luzes do hospital estavam reduzidas, o ambiente era de penumbra.

Robert estava deitado, o olhar perdido na escuridão. Por uma fresta da cortina, luzia o luar. A mãe tinha ido para casa. As enfermeiras tinham feito a última visita do dia.

Robert cochilara. E acordara agitado. Ele tinha sonhado com Angelina. Ela era apenas um sonho? Durante um bom período ficou deitado revirando-se na cama. As imagens do acidente invadiam seus pensamentos. A água. O frio. O medo. Instantâneos se alternando na memória. Ele sentiu calafrios. Tentou afastar aquelas memórias horríveis: "Poderia estar morto agora, poderia ter me afogado na água fria, poderia ter congelado até morrer, e agora mesmo poderia estar deitado no porão do hospital, onde os mortos ficam esperando serem levados para o lugar onde irão descansar..."

— Robert...

III

Ele ficou alerta.

"Robert...? Alguém disse Robert?" Ele sentou-se na cabeceira da cama. Teria escutado por engano? Quem poderia ser? Mamãe? A enfermeira?

"Angelina?"

Ele ficou sentado esperando ouvir seu nome novamente.

— Angelina? — chamou ele no quarto vazio. Com a sua voz. Mas não era à voz a que ele tinha que recorrer. Não era assim que eles conversavam. Não ele e Angelina. Robert fechou os olhos e se concentrou. Se foi mesmo Angelina quem o chamou, eles deveriam se comunicar por meio dos pensamentos.

— Angelina? Você está aqui?

Ele abriu os olhos à procura dela.

Primeiramente: nada.

E então foi como se todo o ar existente no quarto se movesse alguns milímetros. Como se todas as coisas se deslocassem um pouco.

— Robert...

Um leve sussurro. Dentro da sua cabeça.

Um vento cálido soprou no quarto. Como se o ar e a escuridão se expandissem num só movimento. Uma sequência de cores, deslumbrante, reluziu no quarto. Como um arco-íris. Luzes coloridas que pulsavam. Ele reconheceu a silhueta de Angelina. Indistinta e ao longe. Diáfana.

Lenta e gradualmente, sua imagem foi se definindo.

— Angelina? É você mesma?

Por um longo período, os dois apenas se entreolharam. Robert estava ofegante. Ele sentia seu coração palpitando como se bailasse.

— Você existe!

Seus lábios se abriram num discreto sorriso. Robert começou a rir. Não sabia por quê. Estava apenas muito feliz.

— Angelina... Preciso lhe dizer uma coisa — ele ficou procurando as palavras corretas: — Acho que eu também já vivi antes.

— Todos já vivemos antes, Robert. E todos voltarão a viver.

Seus olhares se cruzaram. Cabisbaixo, ele não sabia por onde começar.

— Preciso lhe contar uma coisa — novamente ele precisou escolher as palavras. — Descobri que numa das minhas vidas eu fui o curtidor Horácio. Ele fazia parte daquela multidão que a perseguiu. Horácio tinha ido ali para matá-la, Angelina. *Eu* tinha ido ali para matá-la!

— Agora você é Robert. Não pode ser responsabilizado pelo que Horácio fez.

Ele fechou os olhos.

— Desculpe-me.

Silêncio.

Robert suspirou.

— E tem mais... — seus olhos estavam embaçados. — Eu estraguei tudo. Perdi as joias. Os dois amuletos. Eles se foram. Desapareceram no rio depois do acidente. Eu devia ter tomado conta deles, mas... eu os perdi...!

Mesmo assim, ela sorria. Balançando a cabeça.

E só então Robert as viu. As duas joias. Angelina segurava uma em cada mão. Elas refletiam um brilho sobrenatural à luz da lua que atravessava as cortinas.

As joias?

— Você não se lembra, Robert? Eu ajudei você a respirar. E a soltar o cinto de segurança. E depois, antes de os policiais chegarem para resgatá-lo, você me deu as joias.

— Eu dei?

— As duas.

— Por que duas joias, Angelina?

— Há 2 mil anos, Jesus Cristo deu uma joia de presente à sua mãe, Maria. A Estrela Sagrada. Quando Jesus foi crucificado, Maria partiu a Estrela em duas. Um pedaço ela guardou consigo:

... o outro deu para Maria Madalena, discípula de Jesus e a mulher de quem ele era mais próximo:

... e assim, meu querido Robert, a Estrela Sagrada tornou-se duas joias. Pois quando os dois triângulos são unidos, ela novamente assume esta forma:

A Estrela Sagrada.

Robert ficou boquiaberto. Depois de quase 2 mil anos, os triângulos estavam finalmente reunidos. Os dois triângulos eram um só. Uma estrela.

"A Estrela Sagrada."

A antiga profecia se realizara. O infante da Ultima Thule havia triunfado. Ele recolhera os dois triângulos e a Estrela era novamente una. Ele entregara o amuleto aos cuidados da guardiã da joia. E, dessa forma, a missão da guardiã estava completa. Exatamente como rezava a profecia. Mas por quê? Nem mesmo os profetas tinham a resposta para todos os enigmas do Universo. Mas, se a profecia estivesse certa, a destruição da Terra — o Juízo Final — estaria adiada para um futuro remoto.

— Você tem que ir embora agora? — Robert piscou os olhos rapidamente, várias vezes.

Ela fez que sim com a cabeça e disse:

— Quem sabe não voltaremos a nos ver? Uma outra vez. Talvez na eternidade...

Lentamente ela começou a desaparecer diante dos seus olhos. Foi ficando invisível. Não parecia mais real.

Robert esticou o braço tentando tocá-la.

Ela beijou as pontas dos dedos e com eles tocou nos lábios de Robert.

— Viva uma boa vida, Robert.

E em seguida desapareceu.

O cometa da morte era apenas um ponto brilhante na enorme tela do observatório de Mauna Kea. Linhas pontilhadas e figuras geométricas piscavam e se movimentavam rapidamente pela tela. Os astrônomos, aglomerados em volta de Suzy Lee, tinham perdido o fôlego de tão apreensivos.

— Como é possível? — perguntou Suzy a esmo.

Ninguém respondeu. Ninguém sabia o que dizer.

— Não resta a menor dúvida — continuou ela. — O cometa alterou seu curso!

— Impossível — disse um astrônomo. — Um cometa não pode alterar seu curso assim do nada.

— Não, não é possível — balbuciou Suzy.

— Os novos cálculos estão corretos?

— Cem por cento corretos. Os números são claros como cristal — ela digitou alguns comandos. Uma linha fina surgiu na tela mostrando o novo curso do cometa. — Algo alterou a trajetória do cometa.

— Mas o quê?

Suzy deu de ombros.

— Não faço a menor ideia. Não existem planetas nem estrelas próximas ao cometa que possam alterar sua rota. Mas os cálculos não deixam dúvida: o cometa mudou seu curso. Não vai mais atingir a Terra, isso é fato — ela olhou para a tela do computador e sorriu: — Podemos adiar o Dia do Juízo Final. A Terra está salva!

O AUTOR

TOM EGELAND

Autor e jornalista, Tom Egeland nasceu em 1959, em Oslo, Noruega. Trabalhou como jornalista na revista semanal *Vi Menn* e no jornal *Aftenposten* e como editor de uma emissora em Oslo.

Tom Egeland fez a sua estreia literária em 1988 com o romance de horror *Ragnarok*, que fala sobre um casal moderno preso na era *viking*. Em 1993, publicou um novo romance de horror, *Shadowland*, e em 1997 lançou outro chamado *Troll Mirror*, onde ele apresentou os personagens Kristin Bye e Gunnar Borg — ambos jornalistas, que também aparecem em livros posteriores.

Em 2006, passou a ser autor em tempo integral e seus livros já foram traduzidos para 24 idiomas.

Tom Egeland é casado e tem três filhos: Jorunn, Vegard e Astrid. A família vive em Oslo.

Este livro foi reimpresso, em primeira edição,
em novembro de 2021, em offwhite 66,6 g/m².